LA VENGEANCE DU MAÎTRE DU CIEL

DU MÊME AUTEUR
CHEZ LE MÊME ÉDITEUR

JEFFREY LORD

BLADE

LA VENGEANCE DU MAÎTRE DU CIEL

TRADUIT DE L'AMÉRICAIN
PAR FRANCE-MARIE WATKINS

PLON

Titre original :
RETURN TO KALDAK

ISBN 2-259-01025-3
ISSN 0395-7780
Édition originale
PINNACLE BOOKS INC. LOS ANGELES, CALIF., 90067.

CHAPITRE PREMIER

La Rover vert foncé se gara dans un espace réservé du parking. L'homme qui en descendit portait une veste de tweed, un pantalon de velours côtelé et des chaussures de marche. Rien de tout cela ne pouvait dissimuler sa puissante charpente ni la souplesse de sa démarche quand il se dirigea vers un des bâtiments de brique.

Un vent léger soulevait ses épais cheveux noirs coupés courts. Les femmes lui voyaient une beauté farouche. C'était ne pas tenir compte de l'acuité de son regard pénétrant ; ses yeux, sans cesse en mouvement, ne laissaient rien échapper.

L'homme s'engouffra dans l'immeuble et disparut aux yeux des deux personnes l'observant d'une fenêtre du premier étage. La plus grande s'adressa à l'autre :

— Je n'aime pas trop l'avouer, mais Richard me paraît en pleine forme.

— Ce que vous ne voulez pas avouer, J, c'est

qu'il est en parfaite forme pour un nouveau voyage, hein ?

— Non, pas vraiment. Mais si je pensais qu'il ne l'était pas, j'insisterais pour que vous le retardiez, quels que soient les espoirs que vous caressez pour votre nouvelle cabine, mon cher Leighton.

Lord Leighton passa de longs doigts noueux dans ses cheveux blancs clairsemés, avec un sourire un peu contrit.

— Je n'ai guère besoin qu'on me le rappelle. Je le reconnais.

A vrai dire, Lord Leighton se montrait exceptionnellement modéré. Son génie scientifique était internationalement célèbre, tout comme son caractère. Lorsque quelqu'un semblait vouloir se mettre en travers d'une de ses expériences, il se conduisait comme une ourse défendant ses oursons. Et malgré ses quatre-vingts ans passés, il conservait toute sa vigueur.

Mais aussi, pensait J, Lord L était réellement un génie et il avait le droit d'en être fier, d'autant qu'il n'avait rien perdu de son imagination ni de ses talents. Et aussi, quand on vient au monde bossu et qu'on est à demi estropié par la polio étant enfant, on apprend de bonne heure à se défendre. J remercia une fois encore quiconque était le responsable, le pria de jouir d'une bonne santé, à un âge où il aurait dû toucher depuis longtemps sa retraite.

J n'avait pas pris sa retraite à cause de l'homme qui venait d'entrer dans l'immeuble. Il s'appelait Richard Blade. J l'avait distingué à sa sortie d'Oxford pour faire de lui un des jeunes agents les plus prometteurs du service secret britannique MI 6A. Le garçon avait tenu ses promesses au centuple.

Et puis, un beau jour, Lord Leighton avait eu l'idée audacieuse de relier un cerveau humain, celui de Blade, à un ordinateur. Il espérait ainsi créer une intelligence supérieure, à la fois humaine et électronique. L'expérience avait eu pour résultat de projeter Blade dans un univers parallèle, que le vieux savant baptisa la Dimension X.

Cependant, il ne suffisait pas de donner un nom au monde mystérieux pour le rendre moins énigmatique. Et, ce qui n'arrangeait rien, la suite révéla que Blade était le seul homme du monde libre qui soit capable de faire ce voyage aller-retour. D'autres revinrent complètement fous ou disparurent. C'était encore vrai après des dizaines d'expériences, au prix de millions de livres. Pendant ce temps, J avait un mal fou à défendre le Projet Dimension X contre les agents étrangers, les accidents et la simple stupidité humaine. Il se donnait presque autant de mal pour protéger Richard Blade des expériences les plus farfelues de Lord L.

Pour J, Blade était plus qu'un ami. Il représentait le fils que le vieux maître du contre-espionnage n'aurait jamais. Pour Leighton, en revanche, Blade n'était guère plus qu'un cobaye.

Du moins, il l'avait été, avant qu'une nouvelle expérience de Leighton, avec la capsule Kali, ne libère dans le monde un monstre venu d'une autre dimension. Blade avait fini par vaincre le Ngaa, mais la leçon avait servi au vieux savant. A présent, il ne mettait plus J et Blade devant le fait accompli en présentant à la dernière minute ses nouvelles idées.

De plus, il commençait à trouver des solutions aux principaux problèmes. Blade pouvait maintenant emporter un peu de matériel avec lui, même si cela devait être fabriqué à grands frais avec un alliage spécial qu'il avait découvert dans une dimension appelée Anglor. Les transitions ne lui causaient plus de migraines horribles. A son dernier voyage, il avait même rapporté un animal vivant doué d'une singulière intelligence.

— *Yiiip !*

Une petite créature de couleur vive sauta brusquement derrière le bureau de Lord Leighton. C'était Culotté, l' « emplumé » de la dimension du Fleuve Cramoisi. Il avait à peu près la taille et la forme d'un chimpanzé mais, au lieu de poils, il était couvert de plumes bleues et vertes. Il possédait aussi le don de télépathie.

Culotté poussa un nouveau « yip » et se mit à courir autour de la pièce. Leighton se plaça vivement devant son bureau, les bras écartés pour empêcher le singe à plumes d'y bondir et d'éparpiller aux quatre vents de précieux documents.

Un pas se fit entendre sur le palier. Culotté se précipita vers la porte, sauta et se suspendit au bec-de-cane, en ruant des deux pieds. La porte s'ouvrit et Richard Blade entra.

Aussitôt, Culotté se percha sur son épaule. Blade lui gratta distraitement la tête, sans quitter des yeux J et Lord Leighton.

— A en juger par l'expression de Sa Seigneurie, je devine qu'il a accouché d'une nouvelle idée de génie, dit-il. Est-ce que je vais partir accroché à un trapèze, cette fois ?

J ravala son rire. Leighton se contenta de secouer la tête.

— Non. Il s'agit simplement d'une petite extrapolation logique de notre dernière expérience.

Au précédent voyage dans la Dimension X, Leighton avait utilisé une technique inédite. Au lieu d'être couvert d'électrodes, comme au début, ou enfermé dans une capsule étroitement moulée sur son corps, Blade avait été placé au milieu d'une cabine de fin grillage électrifié relié à l'ordinateur. Comme il revenait toujours sans être physiquement branché sur l'ordinateur, pourquoi ne pas le faire partir de même ?

Cela avait fonctionné une fois. Leighton était scientifiquement sûr que cela marcherait encore. J ne partageait pas entièrement cet optimisme mais il acceptait d'essayer, à condition que Blade soit d'accord.

— Avec la nouvelle cabine, expliqua Lord L, il y a beaucoup plus d'espace couvert par le champ électrique. Assez de place pour plus d'un Blade à moitié nu. Nous n'avons pas de second sujet entraîné et prêt à partir, mais nous avons Culotté.

La première réaction mentale de Blade dut être négative car Culotté se redressa, avec un « yi-yip » indigné, toutes ses plumes hérissées, les poings brandis vers Leighton.

— Du calme, Culotté, du calme, lui dit Blade.

— Culotté convient parfaitement, reprit le vieux savant, à cause de sa petite taille et de son association avec Blade. (J remarqua que Leighton évitait le mot « télépathie ».) Il est également assez intelligent pour survivre un moment, si Blade et lui étaient séparés.

— Un court moment, oui, dit Blade, sceptique. Mais cela dépend du climat et du temps. Il faut que je le lui demande.

Leighton haussa les sourcils et Blade fronça les siens.

— Si vous le traitez comme un cobaye sans volonté personnelle, je ne l'emmènerai pas ! Je ne le laisserai même pas entre vos mains en mon absence et au diable le secret officiel ! Alors, Culotté, qu'est-ce que tu en penses ?

Blade parlait comme s'il s'adressait à un être humain.

— *Yik-yik-yiiiik !* répondit le singe emplumé.

Puis il sauta sur la tête de Blade et s'y cramponna, les doigts et les orteils enfoncés dans ses cheveux. Blade souffrit en silence jusqu'à ce que Culotté revienne sur son épaule. Puis il hocha la tête et annonça :

— Il veut bien essayer.

— Magnifique ! s'exclama Leighton avec soulagement. La nouvelle cabine est vraiment une trouvaille. Plus vite nous l'exploiterons, plus vite nous rendrons le Projet rentable. Ou du moins plus sûr.

— Tant mieux. Et même, demanda Blade, avons-nous besoin de limiter mon matériel maintenant ? Les effets de tissu et de caoutchouc que j'ai emportés au dernier voyage ont opéré la transition aussi bien que l'alliage d'Anglor.

— Plus de matériel, et Culotté ? intervint J avec inquiétude. Ça fait deux expériences d'un coup.

— C'est vrai, mais un petit paquetage ne devrait pas trop gêner. Je pense surtout à Culotté. Il m'est plus facile qu'à lui de trouver à manger ou de serrer ma ceinture d'un cran. Il faut que j'emporte des vivres pour lui, au moins.

Le petit singe à plumes poussa un « yip-yip » d'approbation.

— J'avais la même idée, avoua Leighton. Mais soyons prudents, tout de même. Nous avons un second couteau en A2A, vous en aurez donc un de secours. Nous pouvons en fabriquer un pour Culotté en quelques jours. A part ça, je déconseille les objets métalliques. Surtout pas d'armes à feu. Je n'aimerais pas beaucoup soumettre des explosifs au nouveau champ.

— Je ne pensais pas à une arme à feu. Ce serait plutôt difficile à expliquer si je tombe dans une société primitive. J'ai déjà été assez souvent soupçonné de magie noire. Si j'emportais une de ces arbalètes à traits soporifiques que nous utilisions autrefois au MI 6 ? Vous vous rappelez, monsieur ? Démontable, transportable dans un attaché-case, mais avec une force de traction de cent kilos et pas de métal ?

J hocha la tête.

— Je crois avoir encore assez d'influence pour en soutirer une à l'arsenal.

— Alors c'est décidé, n'est-ce pas ? demanda Leighton.

— Pour moi, oui, répondit Blade. Et vous, monsieur ?

J avait des réserves mais il répondit :

— Qui ne risque rien n'a rien. A la semaine prochaine, Richard.

Ils se serrèrent la main et J caressa la tête du petit singe. Blade avait essayé d'apprendre à Culotté à donner sa main mais il s'y refusait obstinément.

En sortant, J était tellement préoccupé qu'il faillit se faire renverser par un camion entrant dans le Complexe Deux. Plusieurs hommes sortirent d'un bâtiment et se mirent à décharger des caisses. J les observa distraitement pendant un moment, en pensant qu'à chacune de ses visites, le Complexe Deux prenait de l'expansion.

Ce n'était pas un luxe. Il y avait déjà plus qu'assez de matériel et de personnel habilité au secret de la Dimension X pour occuper deux des trois bâtiments. Si le Projet était au bord d'une nouvelle percée...

J tordit promptement le cou à son optimisme et monta dans sa voiture. Percée ou non, tout continuait de reposer sur la personne de Richard Blade.

CHAPITRE II

Au cours des quelques jours suivants, tout le monde vécut sur les nerfs à la pensée des risques que l'on prenait. Blade acheta des vêtements et de l'équipement mais garda ses vieux bottillons de marche, bien brisés et confortables. Il voulait bien mourir pour l'Angleterre mais pas attraper inutilement des ampoules.

Le petit singe était strictement végétarien et mangeait n'importe quoi pourvu que ce ne soit pas de la viande. Blade l'avait vu grignoter des choux de Bruxelles, des bulbes de narcisses et des bouts de cuir. Les provisions qu'emportait Blade — fruits, noix, chocolat, biscuits — conviendraient à Culotté.

Enfin, Blade et Culotté arrivèrent au Complexe Un, fins prêts pour le voyage dans la Dimension X. Le Complexe Un se trouvait à soixante mètres sous la Tour de Londres, son entrée secrète gardée par deux agents de la Branche Spéciale en civil. Il avait contenu naguère tout le Projet et abritait toujours le maître ordinateur, la nouvelle cabine et tout ce qui risquait de révéler le secret de la DX.

Cela ne suffisait pas à le remplir. Le long couloir entre les bureaux et laboratoires, naguère tout illuminé et bourdonnant de voix et d'appareils, était maintenant sombre et désert, le matériel ayant été transporté au Complexe Deux ou revêtu de bâches. Blade eut l'impression que des fantômes ne tarderaient pas à hanter ces salles vides.

Comme d'habitude, il alla au vestiaire pour se préparer. Au début, il devait se mettre presque nu, gardant un pagne pour la forme, et s'enduire d'une pommade malodorante pour éviter les brûlures d'électrodes. Cette fois, il enfila un caleçon et un maillot de corps, des chaussettes de laine, un pantalon et une chemise de flanelle et un léger anorak. Il glissa un couteau dans un fourreau fixé à son poignet et accrocha l'autre à sa ceinture, ainsi qu'un bidon. Un petit havresac contenait un poncho, un autre bidon, du linge et des chaussettes de rechange, du savon, une brosse à dents, plusieurs jours de rations pour Culotté et lui, des comprimés pour purifier l'eau, une canne à pêche et l'arbalète démontées.

Culotté s'habilla tout seul d'un pull-over de chien et boucla un ceinturon avec son petit couteau. Il n'était pas assez intelligent pour comprendre de lui-même l'utilisation d'outils inconnus mais il suffisait de lui montrer deux ou trois fois comment s'en servir.

Avec Culotté sur son épaule, Blade se mit en place et la cabine de grillage fut abaissée sur eux. Au dernier voyage, elle avait été à peu près de la même taille que la cabine de verre contenant le fauteuil électrique du premier ordinateur. Pour cette nouvelle expérience, elle avait été agrandie afin de faire de la place à Culotté. A travers le grillage, Blade vit Lord Leighton debout devant le pupitre de commandes.

— Ça va, Richard ? demanda Lord L.

Blade leva le pouce et Culotté l'imita.

La main du vieux savant s'abattit sur la grosse manette rouge et, d'un mouvement rapide, l'abaissa jusqu'au bas de la fente.

Une lumière verte éblouit Blade. Puis le grillage et la salle au-delà frémirent. Il avait l'impression de les voir à travers une brume de chaleur. Le cerveau de Culotté lui transmit une vive émotion, pas tout à fait de la peur mais indiscutablement un malaise.

« Du calme, Culotté, pensa Blade. Je suis passé par là plus de trente fois. Il n'y a que le premier pas qui coûte. » Il espérait que ce n'était pas autre chose que la crainte de l'inconnu qui inquiétait la petite créature.

Puis la lumière verte, la cabine et la salle disparurent. Blade sentit le poids de Culotté quitter son épaule et il entendit son *yip-yip*, plus furieux qu'effrayé. Mais, brusquement, il ne recevait plus ses pensées.

Puis Blade se sentit tomber. Il plongeait dans

des ténèbres glaciales. La chute parut durer une éternité. Il faisait si froid que sa sueur commençait à geler et si noir qu'il était impossible d'imaginer la lumière.

Il continuait de penser clairement, pourtant. Il commençait à se demander si l'expérience n'avait pas dramatiquement échoué quand le froid et l'obscurité disparurent d'un coup. Il y avait un ciel bleu au-dessus de lui, de l'herbe humide sous ses mains et une brise fraîche lui caressait la figure.

Blade s'assit. Il se trouvait dans l'herbe haute, sur une pente ressemblant aux berges d'une rivière. Entre le bord et le milieu du courant, s'étendait une centaine de mètres d'arbres morts, de plaques de vase noire et de bouquets de roseaux. Ces roseaux, d'un vert-jaune maladif, paraissaient vaguement familiers.

Derrière lui, la berge s'élevait vers le sommet d'une colline, l'herbe faisait place à des buissons épineux et les buissons à des arbres rabougris. Très haut dans le ciel, un grand oiseau décrivait lentement des cercles, planant sur ses ailes étendues et presque immobiles.

Il n'y avait aucune trace de Culotté.

Blade maîtrisa à la fois sa peur pour le singe et sa colère contre Lord Leighton, jusqu'à ce qu'il ait fini de vérifier l'état de ses vêtements, de son matériel et de son corps. Il était intact, il avait avec lui tout ce qu'il avait emporté, à l'exception de Culotté. Il attendit une minute, guettant un signe de l'emplumé ou d'une compagnie moins agréable, puis il décrocha son bidon et descendit au bord de l'eau.

La rivière était trop écumeuse et noire de végétaux en décomposition pour y boire mais un ruisseau limpide s'y jetait, à quelques mètres. Blade alla y boire, remplit ses deux bidons, ajouta des comprimés purificateurs et les accrocha à sa ceinture. Enfin il se mit à la recherche de Culotté, non seulement avec ses yeux et ses oreilles mais avec sa pensée.

« Culotté, où es-tu ? Culotté, réponds-moi. Culotté, es-tu blessé ? »

Blade transmit inlassablement ces pensées, en gardant le message simple. Pas de réponse. Il ne voyait et n'entendait rien non plus. Il se demanda si Culotté n'avait pas cru son maître mort ou grièvement blessé, et n'était pas parti chercher du secours. Retournant à l'endroit où il avait repris connaissance, il examina l'herbe. Elle était aplatie mais pas écrasée comme elle l'aurait été s'il y était resté allongé longtemps. De plus, s'il était resté là suffisamment pour que Culotté le croie mort, il serait ankylosé.

Non, Culotté était perdu. Blade refusait d'employer le mot « disparu », encore moins « mort », même en pensée. Culotté était perdu. Le problème était maintenant de le retrouver.

Il donna libre cours à sa colère avec quelques jurons bien sentis. Cet éclat effraya une espèce de lapin qui bondit dans l'herbe, pris d'une telle panique que Blade ne put s'empêcher de rire.

Il riait encore quand il perçut un bourdonnement aigu du côté de la rivière. Il dévala la berge pour se cacher dans l'herbe et observer le cours d'eau.

Un aéroglisseur croisait lentement au milieu du courant. Il avait tout à fait l'air d'un engin de la Dimension Normale, avec des hélices sur le dessus pour le propulser et une jupe souple contenant le coussin d'air par-dessous. La coque paraissait ancienne, plutôt cabossée et portait une inscription sur le côté. Comme les roseaux vert-jaune, les caractères avaient quelque chose de familier. Blade écarquilla les yeux et regretta de ne pas avoir de jumelles.

L'aéroglisseur disparut derrière une rangée d'arbres avant qu'il puisse en voir davantage. Quand il reparut, il était trop loin pour qu'il soit possible de déchiffrer l'inscription.

Blade grinça des dents. Son premier jour dans cette dimension commençait mal. C'était particulièrement déplaisant de penser à ce qui avait pu arriver à Culotté.

Blade avait au moins une petite consolation. L'aéroglisseur prouvait qu'il se trouvait dans une dimension à la technologie avancée. Il était un peu moins probable que Culotté soit abattu à vue comme un esprit malfaisant ou égorgé, plumé et embroché pour le dîner de quelque sauvage.

Ce fut une autre consolation de pouvoir piocher dans le havresac et se sustenter un peu. Il préféra manger froid, plutôt que d'allumer un feu qui risquerait d'attirer l'attention. Là où il y avait un aéroglisseur, il pouvait y en avoir d'autres, avec des équipages armés, peut-être, et prompts à la détente.

Quand il eut mangé, il s'enroula dans son poncho sec et presque chaud. Plus la peine de ramasser un tas de feuilles mortes pour protéger son corps nu des vents de la nuit !

Si Culotté avait été blotti sous le poncho avec lui, Blade se serait fort béatement endormi.

CHAPITRE III

Blade se réveilla avant l'aube, en meilleure forme que d'habitude après sa première nuit dans une nouvelle dimension. Du moins, il se sentit bien jusqu'à ce qu'il pense à Culotté. Puis il se répéta qu'il ne le retrouverait pas en s'inquiétant ou en maudissant Lord Leighton.

Sans quitter son abri, il mangea une barre de chocolat et regarda le jour se lever sur la rivière. Plusieurs petites embarcations descendaient lentement le courant, traînant des filets et des lignes. Les pêcheurs portaient des chapeaux à larges bords et les femmes comme les hommes étaient torse nu.

Un coup de sifflet retentit en amont. Un vapeur à roue apparut, surmonté d'un panache de fumée grise. Il y avait beaucoup de monde sur les ponts et le vapeur remorquait plusieurs péniches lourdement chargées. Un bateau de la taille d'un petit yacht suivait dans son sillage, sans bruit et sans fumée. Les pêcheurs agitèrent la main au passage des deux gros bateaux et les passagers du vapeur leur répondirent de même.

Blade se dit qu'il était temps de partir. Il n'allait pas retrouver Culotté ni beaucoup apprendre sur cette dimension en restant assis là. Le mélange des technologies — vapeur, aéroglisseur et barques à rames — était bizarre mais pas incroyable. Il pensa qu'il pouvait être dans un pays en cours de développement ou relevant d'une guerre nucléaire. Ni l'un ni l'autre ne serait particulièrement nouveau.

Il vida un de ses bidons et descendit vers le ruisseau pour le remplir. Alors qu'il s'accroupissait, il entendit un bourdonnement d'hélices dans le ciel. Levant le nez, il resta figé, son bidon vide à la main.

Ce qu'il voyait avait tout d'un train volant. La locomotive était un coffre métallique plus ou moins cubique avec un avant en coin, en verre teinté. On aurait dit la cabine d'un hélicoptère, moins les pales et la queue. Deux grandes hélices tournaient, montées sur des balanciers à l'avant, et deux autres à l'arrière au-dessus de grandes hélices.

Un câble partait d'entre ces hélices et s'accrochait à l'avant d'un long ballon en forme de saucisse. Trois autres ballons suivaient, accrochés comme des wagons de chemin de fer. Une longue nacelle se balançait sous chacun d'eux. Blade vit des piles de matériel sous des bâches, des hommes qui allaient et venaient et deux canons, à l'avant et à l'arrière de chaque nacelle. La « locomotive » semblait fonctionner grâce à un système antigravité.

Blade remplit son bidon et au moment où il se redressait son instinct lui lança soudain un avertissement : retourne-toi *lentement.* Ce fut ce qu'il fit, en tenant les mains bien ouvertes écartées de son corps, pour montrer qu'il n'était pas armé.

Cinq hommes en combinaison verte s'étaient arrêtés sous les arbres. Quatre portaient un chapeau et le cinquième un casque d'acier. Si c'était des soldats, ils avaient dû s'armer dans un musée. Le premier avait une arbalète, semblable à celle de Blade mais en métal, deux autres des espèces de fusils d'avant 14-18 à chargeur et courte baïonnette et l'homme casqué un pistolet à long canon. Le dernier — Blade s'aperçut que c'était une femme — portait une arme nettement futuriste en plastique noir.

Un des hommes au fusil prit l'examen de Blade pour une manifestation d'hostilité. Il épaula et visa. L'homme casqué dégaina son pistolet et souleva le canon du fusil, juste à temps. La balle siffla au-dessus de la tête de Blade. Avant que l'autre puisse de nouveau tirer, son chef l'injuria... et Blade resta pétrifié.

Il avait déjà entendu cette langue. Comme toujours, au cours de la transition dans la DX l'ordinateur modifiait ses cellules cérébrales de manière à ce qu'il comprenne et parle le langage de la dimension où il tombait, quelle qu'elle soit. Mais cette fois, il le connaissait déjà.

Les soldats parlaient la langue de Kaldak et Doimar, les villes rivales d'une dimension dévastée par la guerre qui reprenait à tâtons le chemin de la civilisation. Blade y était venu à son avant-dernier voyage. Avant de la quitter, il avait mis provisoirement fin à la rivalité en apprenant à Kaldak comment utiliser les anciennes armes de la civilisation disparue, surmontant ainsi des siècles de crainte superstitieuse. L'armée de Doimar avait été écrasée et une chance de paix et de développement apportée à toute cette dimension. C'était un exploit dont Blade était fier.

Et voilà qu'il revenait dans cette dimension, une dimension où il pourrait bien être devenu légendaire ! Et qui avait peut-être des savants capables de déduire de son retour le secret de la Dimension X !

CHAPITRE IV

Puisque le moindre geste risquait de lui valoir une balle dans la tête, Blade décida de ne rien faire du tout. Se faire abattre lui paraissait un moyen un peu trop radical de protéger le secret de la DX !

Il leva lentement les mains en l'air et ne bougea plus. L'arbalétrier mit son arme en bandoulière et vint le fouiller. Il prit les deux couteaux et vida le havresac, à la recherche de nouvelles armes.

Les cinq soldats se passèrent les couteaux de main en main et les examinèrent. Cela permit à Blade de prendre un air idiot et de détendre ses muscles au point de paraître balourd. Son cerveau travaillait ferme, cependant, et tous ses sens étaient encore plus en éveil que d'habitude.

— Bon, dit finalement l'homme au casque. Qui es-tu et qu'est-ce que tu fabriques par ici dans cette tenue ?

Blade fronça les sourcils et prit le parti de feindre l'amnésie.

— Qui je suis ?

— C'est à toi que je le demande !

L'homme au fusil cracha par terre mais la femme s'avança et se désigna.

— Moi, Sparra, dit-elle puis elle désigna le casqué. Lui, Kyatho. Notre chef.

— Chef ?

Le fusilier leva son arme et cette fois Kyatho ne le retint pas mais répéta, sur un ton plus dur :

— Qui es-tu ?

— Je pense... que je suis un homme, répondit Blade en hésitant.

— Tu appelles ça penser ? railla l'homme au fusil sans abaisser l'arme.

— La paix, Terbo ! cria Sparra. Il ne peut peut-être pas mieux faire.

Elle s'approcha de Blade. Vue de près, elle n'était vraiment pas mal ; elle avait un corps musclé et gracieux sous sa combinaison, de très beaux yeux et une bouche pulpeuse.

— Baisse la tête, dit-elle, puis elle le répéta et essaya de lui montrer ce qu'elle voulait.

Blade, jouant à fond les simples d'esprit, leva une main et lui caressa la joue. Cela le mit dans un mauvais cas. Kyatho leva son pistolet. Quand il l'arma, le déclic fit tourner la tête à Sparra.

— Non, Kyatho !

— Pourquoi non ?

— Nous ne savons pas encore qui il est.

— C'est un homme qui t'a touchée.

— Je ne t'appartiens pas, même si je t'ai donné un enfant.

— Je devrais au moins pouvoir écarter de toi les autres hommes.

— Je n'ai pas besoin de toi pour ça, merci.

— Quand tu veux.

— Parfaitement, quand je veux. Tu ne peux pas me faire vouloir non plus. Et d'ailleurs, ça n'a rien à voir avec cet homme. Toi, étranger, baisse la tête.

Cette fois, Blade obéit. Elle lui tâta le crâne, enfonçant ses longs doigts experts dans ses épais cheveux noirs.

— Il a été blessé ? demanda Kyatho.

— Souvent, dans le passé. Cet homme a connu la guerre, je crois.

— Pas de blessures récentes ?

— Non.

— Alors, écarte-toi, Sparra !

Le pistolet s'abaissa vers Blade qui remarqua que Terbo ne lui braquait plus son fusil dessus. Sparra se plaça devant lui.

— Tu n'es qu'un imbécile, Kyatho ! Il n'y a pas que les blessures à la tête qui peuvent faire perdre la mémoire. Les fièvres, les grandes frayeurs, la perte d'un être cher...

— C'est vrai, dit Terbo. Et puis nous sommes sur les terres de Bekror. Il n'aimerait pas apprendre que nous avons rendu la Haute Justice sans lui demander son avis.

— Qui te dit que nous sommes sur ses terres ?

— Bekror l'affirmera, intervint l'arbalétrier. Je m'excuse, Kyatho, mais tu as tort de vouloir tuer cet homme uniquement parce qu'il a touché Sparra. Si les guérisseurs de la maison de Bekror peuvent lui rendre la mémoire, nous apprendrons peut-être des choses de lui. Même s'ils ne peuvent pas, Bekror sera toujours reconnaissant d'avoir un nouvel esclave.

— Vous êtes tous contre moi, alors ? gronda Kyatho.

— Nous sommes contre toi si tu veux tuer cet homme, répliqua Sparra.

— Qu'est-ce que c'est... tuer ? demanda Blade.

Kyatho leva les bras au ciel d'un air écœuré et faillit lâcher son pistolet. Puis il le rengaina.

— Très bien. Nous allons le conduire au Moniteur Bekror. Mais nous l'emmènerons comme s'il avait toute sa tête, on ne sait jamais. Terbo et toi, tenez-le pendant que je lui lie les mains derrière le dos.

Blade se laissa faire mais en tenant ses poignets raides pendant qu'on les entourait de la corde. Kyatho ne remarqua rien. Quand il eut fini, les liens avaient assez de jeu pour que Blade puisse se libérer en deux minutes.

Il risquait de se griller en faisant cela, mais il ne pouvait se permettre d'être totalement impuissant. Il s'était fait un dangereux ennemi de ce Kyatho, pour une raison qui lui échappait, et Sparra n'avait pas une position assez forte pour être très utile.

Et puis il n'avait pratiquement rien appris de nouveau sur Kaldak. Il ne savait même pas combien d'années s'étaient écoulées depuis son premier séjour, ce qui était important. Si tous ceux qu'il avait connus personnellement étaient morts, son secret serait bien gardé. Tout ce qu'il savait pour le moment, c'était qu'un peloton de l'armée kaldakienne avait un curieux assortiment d'armes et une discipline tout à fait déplorable.

Le palais du Moniteur Bekror était une forteresse grande comme un gros bourg. Ses murailles entouraient plusieurs hectares où des bâtiments, des arbres, des bassins et des jardins se mêlaient dans le plus grand désordre.

Autrefois, avant la guerre nucléaire qui avait détruit la civilisation originelle de cette dimension, il avait dû y avoir une ville sur ce site. Presque tout avait été détruit pendant la guerre ou était tombé en ruine après, quand la population avait diminué. Il n'en restait que ce qui avait probablement été l'hôtel de ville, qui devint la Grande Maison de Bekror et le cœur de sa citadelle. Ses murs avaient été renforcés avec des pierres de taille et de solides grilles, pour la rendre plus facile à défendre.

Les cinq soldats conduisirent Blade, par une des portes des remparts, devant des sentinelles dépenaillées armées pour la plupart de vieux fusils ou d'arbalètes. Un homme avec un pistolet, un peu mieux vêtu, se chargea de piloter le groupe par le labyrinthe des ruelles vers la Grande Maison. Kyatho y entra pour demander si le Moniteur pouvait les recevoir. Les autres attendirent dehors, ce qui permit à Blade d'étudier les singuliers contrastes qui l'entouraient.

Il y avait d'abord la porte, deux fois plus haute qu'un homme, en bois massif sculpté, fermée par une barre de fer forgé grosse comme la cuisse de Blade. Au-dessus, il y avait une niche où deux sentinelles montaient la garde. Elles portaient une cotte de mailles mais elles étaient assises de part et d'autre d'une mitrailleuse à refroidissement par eau qui semblait venir des tranchées de la guerre de 14. Sur le dessus, il y avait un instrument qui ressemblait tout à fait à un viseur à laser. Sans bouger les yeux, Blade voyait en face de lui cinq siècles d'armurerie et de fortifications.

En tournant légèrement la tête, il était encore plus dérouté. Sur les cinq bâtiments en vue, deux étaient de longues cabanes en rondins. L'une devait être une caserne car des soldats entraient et sortaient et d'autres étaient assis sur les marches. Entre les deux, il y avait un jardin potager où travaillaient des hommes et des femmes, sous les yeux de deux contremaîtres. Hommes et femmes ne portaient qu'un simple pagne. Le peuple de Kaldak ne s'était pas trop soucié de la nudité au dernier voyage de Blade et cela, au moins, n'avait pas changé. Quant aux trois autres bâtiments, il y en avait un en pierre, un tout neuf en brique et le dernier, le plus ancien, en métal.

Kyatho ressortit alors, l'air triomphant, accompagné par un garde du palais qui annonça :

— Le Moniteur Bekror accepte de vous recevoir maintenant.

En entrant dans la vaste salle, la première chose que vit Blade fut deux employés, habillés comme des moines avec une dague ornée de pierreries à la ceinture. Le premier se servait d'une calculatrice, l'autre tapait sur une machine à écrire. Ils étaient installés dans un petit cagibi orné de belles tapisseries. A la porte, il y avait quatre hommes armés assis sur des sacs de sable empilés autour d'un laser lourd, placé de telle manière à balayer toute la salle en quelques secondes.

Le Moniteur Bekror les accueillit assis à une longue table, tout au fond. Plusieurs gardes se tenaient près de lui mais il était évident qu'il ne comptait pas totalement sur eux. Il portait une tunique de cuir couverte de disques de plastique, une épée et un pistolet-laser.

« Combien de temps ? » Blade faillit hurler la question. Puis il aperçut une grande tapisserie au mur, au-dessus de la tête du Moniteur. Elle représentait un homme brun musclé survolant une ville en ruine sur la plus étrange créature que Blade ait jamais vue ou imaginée. On aurait dit un de ces grands robots métalliques, les Machines Guerrières humanoïdes qu'il avait appris à diriger. Mais elle avait une tête d'homme sur son corps de métal et de grandes ailes emplumées. Des rayons laser lui sortaient des yeux et l'homme brandissait une épée flamboyante.

Cette question-là, Blade devait la poser, malgré le risque. Il montra du doigt la tapisserie.

— Le... le Grand Céleste ?

Sparra secoua la tête.

— C'est le Maître du Ciel Blade.

Heureusement, personne n'attendait que Blade réponde à cela. Il hocha lentement la tête.

— Le Grand Céleste. Je le connais.

— C'est ainsi que tu appelles le Maître du Ciel ?

— Sparra ! protesta Kyatho. Ne fais pas perdre son temps au Moniteur en essayant de tirer de cet imbécile des réponses qu'il ne donnera jamais ! Honoré Moniteur, nous avons découvert cet homme sur les berges de la Sclath...

Puis il raconta la capture de Blade et grommela :

— Sparra espère qu'il reprendra ses esprits. Pas moi. Il a dû les perdre pour tout de bon ou alors il fait semblant. S'il fait semblant, nous apprendrons vite qui il est.

Sparra s'emporta.

— Kyatho veut que cet homme soit tué ou torturé uniquement parce qu'il m'a touchée !

Manifestement, Kyatho est tellement fier de m'avoir fait un enfant qu'il veut que je sois à lui seul. Je regrette d'avoir à lui faire honte en disant cela ici, Honoré Moniteur, mais je ne crois pas que vous vouliez juger cet homme sur la seule parole de Kyatho.

Le Moniteur essuya ses lunettes, tirailla sa barbiche, gratta son gros ventre et secoua enfin la tête.

— Je ne le veux pas. Kyatho, Sparra a-t-elle dit vrai ? Tu voudrais te l'attacher par la Loi Nouvelle, pas l'Ancienne ?

Kyatho soupira.

— Oui. Je le lui ai demandé cent fois !

— Et j'ai refusé cent fois ! riposta Sparra. Si Kyatho n'était pas un crétin, il aurait cessé de...

Le Moniteur leva une main et tapa sur la table avec l'autre.

— Assez de vos querelles ! Disputez-vous où vous voudrez mais pas sous mon toit ! Par les pouvoirs de justice qui me sont conférés, tant par l'Ancienne Loi que la Nouvelle, je rends mon jugement. Je prends cet homme sous ma protection. Si on peut lui apprendre à travailler, il travaillera. Sinon, il ne mourra pas de faim pour autant. Le Maître du Ciel Blade nous a enseigné que, puisque nous possédons à la fois l'Antec et la Noutec, il est mal de laisser périr des hommes que l'on peut nourrir.

Dans la salle, tout le monde courbait la tête au nom sacré de « Blade ».

— Je vais également faire venir de Kaldak

une machine à déceler la vérité. Il paraît que personne ne peut rien leur cacher.

— Ne serait-il pas plus simple de l'envoyer à Kaldak ? dit Sparra. Je ne demande pas mieux que de l'y emmener.

Kyatho fit les gros yeux mais ne dit rien. Bekror répliqua sèchement :

— Il est temps que les dirigeants de Kaldak apprennent qu'ici à Sclathdon nous sommes leurs alliés, mais pas leurs esclaves ! Si leurs promesses sont sincères, ils nous enverront le chercheur de vérité. Sinon, autant que nous le sachions tout de suite. S'ils ne veulent rien apprendre de cet homme, les jardins ont toujours besoin de deux bras solides.

— Mais s'il ment, s'il a quelque projet dangereux...

— Sers-toi de ta tête, pour une fois, au lieu de ton cul ! cria Bekror à Kyatho. Nous sommes si loin de Doimar qu'ils n'auraient pas pu nous l'envoyer sans magie et encore moins avec l'Antec ! Les Tribus sont paisibles et est-ce qu'il a l'air d'un sauvage des tribus ?

— Non, reconnut Kyatho en soupirant.

— Alors il ne peut pas nous faire de mal. J'ai rendu mon jugement, de par des pouvoirs qui me permettent aussi de te priver de ton rang si tu continues de discuter.

Kyatho baissa le nez. Blade aurait préféré que le Moniteur ne soit pas aussi dur, car maintenant il était certain que Kyatho se vengerait sur lui à la première occasion.

Le Moniteur fit signe à ses gardes. Ils s'approchèrent de Blade et prirent son havresac et ses couteaux, ce qui l'inquiéta avant qu'il s'aperçoive qu'on les confiait à Sparra. Puis ils l'emmenèrent. Il se dit qu'il avait au moins appris quelque chose, sans que cela le rassure tellement.

Le Maître du Ciel Blade était presque une divinité, dans l'histoire de cette dimension. Si l'on apprenait que le prisonnier inconnu n'était autre que le Maître du Ciel en personne, tout le monde voudrait savoir comment il était revenu. On n'oserait peut-être pas le soumettre au détecteur de mensonges, mais on poserait beaucoup de questions embarrassantes. Le secret de la Dimension X serait gravement compromis!

CHAPITRE V

Promu jardinier de Bekror, Blade était nourri, il avait un toit, des tâches simples et bien assez d'occasions de garder les yeux et les oreilles bien ouverts. Il aurait eu du mal à trouver un moyen plus commode de tout savoir sur cette dimension. Seules la perte de Culotté et la nécessité de jouer les amnésiques gâchaient le plaisir.

Il finit par calculer que son dernier voyage à Kaldak remontait à une génération, car il ne voyait pas comment autant de changements auraient pu se produire en moins de temps. Naturellement, la guerre froide continuait entre Kaldak et Doimar et ce genre de situation fait toujours progresser la technologie. Malgré tout, il fallait un certain temps pour réaliser les machines qui fabriquaient les armes. Vingt-cinq à trente ans au moins, pensait-il.

Depuis le passage du Maître du Ciel Blade, dans toutes les terres dominées par Kaldak, il y avait deux Lois, l'ancienne et la nouvelle. On avait le droit de préférer l'une ou l'autre. Par exemple, sous l'ancienne les femmes n'avaient pas à être chastes ni fidèles, une coutume remontant au temps où la grande majorité de la population était stérile. Toutes les personnes fécondes devaient s'unir tôt ou tard, sinon il n'y aurait plus d'enfants du tout.

Selon la Nouvelle Loi, l'homme qui avait fait un enfant à une femme pouvait lui demander de lui rester fidèle toute sa vie. Elle acceptait souvent. Dans ce cas, le père était tenu de la protéger ainsi que l'enfant.

Certaines mères, au contraire, entendaient conserver leur indépendance. Sparra, par exemple. Quand un homme de la Nouvelle Loi exigeait la fidélité d'une femme de l'Ancienne, il y avait généralement des étincelles. Blade espérait ne pas être pris dans un feu croisé.

Il y avait aussi l'Antec et la Noutec. L'Antec, l'ancienne technologie, était la même que la dernière fois, avec ses lasers et ses piles que Blade avait appris à utiliser. « Le Maître du Ciel Blade nous a enseigné la sagesse », disait-on. On savait maintenant réparer un laser et recharger une pile. On avait aussi redécouvert beaucoup d'Antec qui n'avait pas servi depuis la chute de la précédente civilisation. Les remorqueurs anti-gravité en étaient le meilleur exemple mais restaient encore rares.

On avait redécouvert aussi les mini-ordinateurs. Kaldak avait déjà de meilleures machines de guerre, plus compactes et plus puissantes que les anciens robots que l'on appelait des

Waldos. Bientôt, ces ordinateurs seraient à la disposition des civils et d'ici une génération, cet employé à la calculatrice serait au chômage.

Et puis il y avait la Noutec, la nouvelle technologie que les Kaldakiens avaient découverte tout seuls depuis la visite du Maître du Ciel Blade. La plupart des entrepôts d'Antec étaient épuisés depuis longtemps. Il n'y avait toujours pas beaucoup d'ateliers où de l'Antec pouvait être fabriquée ou même réparée. Il était bien plus facile de construire un ballon à hydrogène et de le haler avec un remorqueur aérien, ou de construire un vapeur en l'armant de lasers, ou de fabriquer des pistolets, des fusils, des grenades et des mortiers en se servant de la bonne vieille poudre sans fumée.

Ainsi, le singulier ragoût de technologies qui étonnait Blade révélait chez les Kaldakiens beaucoup de bon sens et d'ingéniosité. Il se demandait comment Doimar s'en tirait, mais comme les deux villes étaient toujours en conflit, personne ne parlait beaucoup de l' « ennemi ».

Comme tous les serfs, Blade vivait sous terre, dans ce qui avait dû être un abri antiaérien d'Antec. Il était maintenant divisé en cellules par des parois de briques et de bois. La plupart des hommes occupaient une cellule à deux mais personne ne voulait partager la sienne avec un simple d'esprit. Dès qu'on eut constaté qu'il savait se débrouiller tout seul, on lui donna un cagibi à lui.

Au fil des siècles, des glissements de terrain s'étaient produits, les décombres de l'immeuble à la surface avaient été dégagés. Une fissure plongeait dans la cellule de Blade. Ce serait juste, mais en cas de pépin il avait une petite voie d'évasion.

Cela lui permettait de dormir plus tranquille. Encore que le sommeil ne lui posait pas trop de problèmes, après douze heures de dur travail et un lourd repas arrosé à la bière. Le lit était rudimentaire mais assez confortable. Le Moniteur Bekror était de ceux qui estiment que le travailleur heureux fait le meilleur travail, absolument pas un de ces maîtres qui tyrannisaient leurs esclaves au point de les faire fuir pour se réfugier dans les Tribus.

Les Tribus de mutants étaient très affaiblies, depuis la première visite de Blade à Kaldak. Les deux grandes villes avaient étendu leur territoire et, partout où elles régnaient, les Tribus mouraient dans les guerres de conquête ou s'enfuyaient hors d'atteinte des villes.

Blade but la moitié de l'eau de son pichet et se démêla les cheveux avec un peigne aux dents de fer plantées dans un manche d'os sculpté en forme de serpent. Les artisans de Kaldak n'avaient pas perdu leur bonne habitude de donner de la beauté aux ustensiles les plus humbles.

Avec le reste de l'eau, il lava la poussière et les restes de repas de sa barbe. Dès qu'on le lui avait permis, il l'avait laissée pousser. Pour le moment, elle était juste assez longue pour lui donner l'allure d'un clochard mais dans huit jours, même les gens qui l'avaient vu à son premier voyage auraient du mal à le reconnaître. Et certainement personne ne pourrait le reconnaître d'après le portrait du Maître du Ciel, sur la tapisserie du palais de Bekror !

Sans la nécessité de préserver le secret de la Dimension X, Blade aurait espéré que certains de ses amis du premier séjour soient encore en vie ; sa vie solitaire ne lui permettait pas de se faire tellement d'amis. Il savait que le chef Peython serait mort, mais son fils Bairam ? Et Kareena ? Elle devait être à présent une grand-mère aux cheveux gris bien plus vieille que Blade, mais il aurait aimé la revoir. Elle possédait ce mélange d'intelligence, de courage, de beauté et d'aptitude à se défendre seule qu'il espérait trouver chez une femme, si jamais l'envie le prenait de se marier.

Il se coucha et, comme il remontait ses couvertures, il s'aperçut que la tache de clair de lune tombant par la fissure était plus petite. Et voilà qu'elle changeait de forme ! Quelqu'un descendait de la surface par ce trou.

Blade se tourna sur le dos et feignit de dormir, tout en observant le plafond. Ce ne serait pas du tout dans le caractère de son personnage d'être sur le qui-vive et prêt à tout.

La clarté lunaire disparut et il perçut des grattements dans le plafond. Un petit caillou tomba dans le pichet d'eau. Puis une silhouette humaine le suivit.

Blade se retint de rire. Au lieu d'un quelconque assassin, Kyatho ou un de ses hommes de main, c'était Sparra. Elle était en combinaison verte, le pistolet au ceinturon, mais elle portait ses bottillons autour du cou, attachés par leurs lacets. Il la reconnut immédiatement malgré le foulard qui cachait ses cheveux noirs. Elle atterrit aussi légèrement qu'un chat, regarda autour d'elle pour s'assurer qu'il n'y avait que Blade, et dénoua le foulard. Ses cheveux tombèrent en cascade sur ses épaules, encadrant sa figure volontaire, pâle dans le clair de lune. La respiration de Blade s'accéléra.

Pieds nus, Sparra s'approcha sans bruit du lit et s'assit par terre en tailleur, à côté. Elle souleva la couverture et contempla le corps nu de Blade avec une indiscutable admiration.

— Tant de cicatrices, murmura-t-elle. Si tu n'étais pas un soldat ou un chasseur de gibier dangereux, j'aimerais savoir ce que tu étais. Le saurai-je jamais ? Et toi, le sauras-tu jamais, pauvre homme perdu ? Je suis sûre d'une chose, au moins. Tu n'es pas né simple d'esprit. Ton sang est bon. Mais tes reins ?

Blade s'interrogeait aussi sur ses reins et sur d'autres parties de son corps. Jamais encore il n'avait été obligé de faire l'amour en prétendant être faible d'esprit. Heureusement, elle n'avait pas l'air de penser qu'il était aussi faible de corps, alors...

— Il doit y avoir longtemps que tu n'as pas eu de femme, souffla-t-elle.

Elle passa des doigts légers sur la verge de Blade jusqu'à ce que le membre commence à frémir de manière encourageante. Puis, sans se donner la peine de se déshabiller, elle le prit dans sa bouche.

Les lèvres de Sparra étaient aussi expertes que ses doigts. Ce fut la première pensée de Blade et la dernière avant un bon moment. Il s'abandonna au plaisir que provoquait Sparra. Il aurait été incapable de continuer à jouer la comédie même si vingt savants l'avaient entouré en prenant des notes sur tout ce qu'il laisserait échapper du secret de la Dimension X.

Par bonheur, Sparra ne prenait pas de notes. Le plaisir évident de son partenaire rendait le sien plus vif. Après les premiers gémissements de Blade, elle se redressa et ôta sa combinaison. Dessous, elle portait une espèce de collant montant, boutonné sur le devant. Elle se remit rapidement au travail.

Au bout d'un moment, elle vit les mains de Blade s'agiter, comme s'il voulait la toucher.

— Je crois que tu te rappelles quelque chose, murmura-t-elle.

Elle déboutonna son sous-vêtement jusqu'à la taille. Blade lui prit aussitôt un sein. Le mamelon foncé était déjà dur. Il le caressa et le pinça jusqu'à ce qu'elle rejette la tête en arrière et lui saisisse le poignet.

— Aaah... Non. Non... Trop fort, bafouilla-t-elle.

Blade garda sa main en place et elle se laissa faire.

Enfin elle le repoussa pour achever de se dénuder. Debout dans le rayon de lune, elle tourna lentement sur elle-même, sachant que Blade l'observait. Elle était superbe et intégralement bronzée. Rien qu'à la contempler, il sentait venir une nouvelle érection.

Sparra ne l'attendit pas. La sombre toison entre ses cuisses était déjà humide. Elle s'allongea sur la paillasse étroite puis elle se coucha sur Blade. Elle caressa des lèvres son front, ses yeux, ses joues, sa gorge, tandis que ses mains couraient le long de ses flancs.

Elle se glissa en arrière jusqu'à ce que la nouvelle érection soit nichée entre ses seins, et resta là, en la tenant fermement entre les deux globes fermes, en se glissant d'avant en arrière.

Bientôt, Blade n'y tint plus. Il empoigna Sparra par les épaules pour la remonter vers lui et la pénétrer sans effort. Elle gémit. Il la maintenait par les fesses et les serrait avec plus de force que de tendresse.

Il perdit tout contrôle et elle aussi. Ils roulèrent sur eux-mêmes dans un enchevêtrement de bras et de jambes. Les halètements de Blade se confondaient avec les sanglots d'extase de Sparra, leurs sueurs se mêlaient et trempaient les couvertures.

Au bout d'un long moment, ce fut l'explosion, le paroxysme, et ils retombèrent, épuisés et inertes.

Sparra resta si longtemps sur Blade sans bouger qu'il eut peur qu'elle soit endormie. Il luttait lui-même pour ne pas succomber au sommeil. Si jamais quelqu'un passait et les voyait... Après tout, Kyatho avait été assez jaloux quand il avait simplement caressé la joue de Sparra !

Enfin elle battit des paupières, souleva la tête, embrassa Blade sur le nez et pouffa.

— Ma foi, mon ami, je me doutais que tes reins étaient plus solides que ton esprit. Je suis heureuse de voir que je sais encore bien juger les hommes. Je me demande... Est-ce que tu savais juger les femmes, quand tu avais toute ta tête ? Il est certain que tu sais t'y prendre dans un lit !

Blade plissa le front, feignant de faire un gros effort mental.

— Je crois... Je crois que j'ai eu... une femme, peut-être. En tout cas, quand tu m'as touché, j'ai su ce que je devais faire.

— Ça ne fait pas de doute ! J'espère que tu ne l'oublieras pas, maintenant que ça t'es revenu. Je ne vais pas t'user et te jeter après une seule nuit ! Ça non, par les Lois !

Elle se tortilla un peu, glissa et posa sa tête sur le ventre de Blade.

Il lui caressa les cheveux. Ça ne le gênait pas du tout que Sparra ait un tel goût pour lui ; il avait rarement trouvé de partenaire plus satisfaisante. Mais si la liaison durait, Kyatho s'en apercevrait. Blade savait qu'avant cela il devait se tenir prêt à s'évader de la forteresse du Moniteur Bekror.

Sparra s'endormit, les bras autour de lui, ses jambes remontées. Il laissa courir une main sur son dos satiné, jusqu'à la raie des fesses. Elle ronronna comme une chatte et sourit dans son sommeil. Lentement, il continua de la caresser pour la réveiller, une main au creux des reins, l'autre insinuée sous elle pour lui prendre un sein. Le mamelon durcit, elle ouvrit les yeux, un petit cri de plaisir lui échappa, Blade retrouva une érection et...

Un cri le fit sursauter, lointain, étouffé, qui fut suivi par deux autres puis par un hurlement.

— Des hommes des Tribus ! Aux armes ! Aux armes ! Les Tribaux...

Et un nouveau cri se terminant en gargouillement d'égorgé. Une fois que l'on avait entendu ce bruit, impossible de s'y tromper, surtout si la première fois on était l'égorgeur !

Blade se redressa. Sparra tomba du lit, les yeux encore vitreux et la bouche molle de désir. Une explosion retentit puis le crépitement d'un laser et plusieurs coups de feu.

De nouvelles explosions suivirent, que Blade reconnut : des grenades et des obus de mortier. Au lieu qu'il s'évade vers les Tribus, les Tribus venaient à lui, et beaucoup mieux armées que tous ces gens semblaient s'y attendre !

CHAPITRE VI

Pendant que Blade cherchait à comprendre ce qui se passait, Sparra enfilait rapidement son sous-vêtement et bouclait son ceinturon avec le pistolet. Puis elle s'assit pour mettre ses bottes.

Blade se releva et tendit le bras vers ses vêtements. Sparra secoua la tête.

— Non, non ! Des méchants, là-dehors. Ils te feront du mal. Du mal... Danger !

Blade fut fort agacé d'être traité comme un enfant après avoir si bien prouvé qu'il était un homme. Il laissa échapper un juron qui suffoqua Sparra. Puis il se leva et enfila son pantalon.

— Danger là-dehors, répéta-t-elle en essayant de le repousser sur le lit.

Autant essayer de pousser un mur. Blade la prit dans ses bras.

— C'est comme avec toi, au lit. J'entends le bruit que font les méchants. Je crois avoir déjà entendu ces bruits. J'ai su ce qu'il fallait faire. Je le sais peut-être encore.

— Tu seras un agneau dans les serres d'un

grand épervier ! cria Sparra au bord des larmes. Reste ici en bas où tu ne risques rien. Hors de danger.

Blade savait bien que si une grenade ou un obus de mortier tombait par la fissure, il serait peut-être hors de danger mais bien mort, et Sparra aussi si elle continuait de discuter. Il était maintenant tout habillé. Sa seule arme était son long sécateur mais il lui était bien souvent arrivé de s'armer grâce à ses ennemis.

Il bondit et se hissa à la force des poignets dans l'ouverture du plafond. Sparra marmonna quelques mots sur les magnifiques animaux mâles trop bêtes pour reconnaître un danger mais elle le suivit.

Blade ne savait pas comment grimper rapidement par la fissure tout en gardant l'air demeuré, alors il n'essaya pas. Il se faufila aussi vite qu'il put. A la surface, Sparra et lui avaient une chance. Même si les hommes des Tribus envahissaient tout, ils ne seraient pas pris au piège commes des rats.

Quand Blade arriva à la surface, une bataille rangée faisait rage partout. Explosions, salves de laser, fusillades, crépitement de mitrailleuses, ordres entrecroisés, hurlements de rage et de douleur, tout se confondait dans une assourdissante cacophonie.

Sparra haussa la tête hors du trou, entendit le vacarme et hésita. De la sueur perla à son front, elle parut au bord de la panique. Blade se rappela ce que les hommes des Tribus faisaient aux femmes, ce qu'une de ces bandes avait failli faire à Kareena avant qu'il les tue tous.

Il se baissa, empoigna Sparra par les cheveux et lui souleva la tête.

— N'aie pas peur ! Je sais quoi faire, maintenant. Donne-moi ton...

Il montra le pistolet, en faisant semblant d'avoir oublié nom. Elle résista.

— Non, tu...

— Descends !

Blade la repoussa dans la fissure et se jeta à plat ventre sur le trou. Le sifflement d'un obus de mortier s'éleva dans un effroyabe crescendo. Quelques secondes plus tard, l'explosion assourdit Blade. Heureusement, l'obus était tombé derrière le mur sur sa gauche.

Mais le mur frémit, se fendit et s'effondra. Le fracas des pierres couvrit celui de la bataille et un nuage de poussière réduisit la visibilité à deux mètres. Malgré les jurons et les protestations de Sparra, sous terre, Blade resta couché sur l'ouverture jusqu'à ce que le mur ait fini de s'écrouler.

Quand la poussière se dissipa, il vit qu'au moins un des défenseurs de la forteresse n'avait pas eu de chance. Il gisait en travers d'un bloc de pierre avec un autre sur ses jambes. A sa posture, Blade devina qu'il avait la colonne vertébrale fracturée et les jambes écrasées. Mais son fusil à chargeur était à côté de lui, intact, ainsi que la sacoche de munitions. Blade les ramassa tandis que l'homme gémissait et suppliait qu'on l'achève. Sparra eut assez de présence d'esprit pour lui rendre ce service.

Son coup de feu parut ranimer la bataille. Quelque chose explosa dans les décombres du mur. Cette fois, Sparra n'eut pas besoin de se faire prier pour se jeter à terre. Blade resta couché, le temps d'examiner le fusil. Comme il l'avait pensé, il ressemblait beaucoup à une arme du début du xxe siècle, un fusil de guerre à culasse avec un chargeur rectangulaire contenant sept cartouches. Il avait gagné des concours de tir avec une Enfield pas très différente et savait qu'avec ça il pourrait donner du fil à retordre aux Tribaux.

Le pistolet de Sparra fit feu presque contre son oreille. Il releva la tête et vit des silhouettes courir vers eux parmi les décombres. Ou plutôt essayer de courir. Ces pierres éparses les faisaient trébucher et les ralentissaient considérablement. Sparra tira encore et cria à Blade :

— Des hommes des Tribus, imbécile ! Ou bien étais-tu de cette race-là ?

Blade se mit à tirer. Il abattit deux hommes avant que les autres songent à se baisser et un troisième qui tardait un peu trop à chercher un abri. Les balles sifflèrent autour de lui quand on ouvrit le feu en face. La fusillade était assez désordonnée mais il avait peur des ricochets. Il colla sa bouche à l'oreille de Sparra.

— Nous devons rester un moment à terre. S'ils chargent, redescends par la fissure. Je pourrai mieux les tenir en respect avec le fusil.

Elle le regarda, les yeux immenses dans une figure pâle maculée de poussière. Elle était ahurie par la soudaine métamorphose de Blade, de Simplet en soldat. Il se dit qu'ils auraient bien le temps de mettre les choses au point, s'ils survivaient tous deux à cette nuit. Il se battait au moins devant un témoin qui pourrait se laisser persuader de garder le silence.

Blade remplit son chargeur avec des cartouches en vrac, trouva dans la sacoche un autre chargeur plein et le posa à portée de sa main. Il avait maintenant quatorze cartouches pour repousser l'assaut de moins de dix hommes. Avec, en plus, le pistolet de Sparra, cela devait suffire, même dans l'obscurité. Quand même, Blade aurait donné cher pour avoir une mitraillette ou un des fusils laser.

Le feu des Tribaux mourait. Blade entendit des grattements, des chutes de pierres et il espéra qu'ils battaient en retraite. Au bruit, les assaillants semblaient avoir attaqué simultanément tout autour de l'enceinte, dans l'espoir de prendre ses défenseurs par surprise et de les écraser sous leur nombre. Maintenant que la défense s'organisait, ils portaient leur nouvel assaut sur les points faibles découverts pendant la première ruée. C'était une meilleure tactique que n'aurait attendu Blade des hommes des Tribus ; ils avaient dû se trouver un chef de guerre au courant de la guerre moderne ou alors ils recevaient des conseillers ainsi que l'armement de Doimar. Aucune de ces deux hypothèses n'était agréable.

Soudain, le coup de sifflet d'un vapeur se fit entendre sur la rivière et une fusée jaillit dans le ciel en traînant du feu vert. Quelques instants plus tard la nuit fit place à une lumière blanche éblouissante alors qu'un bouquet de fusées explosait au-dessus de la forteresse.

Blade vit à portée de tir au moins une douzaine d'ennemis. Certains fermaient les yeux, éblouis, d'autres paraissaient pétrifiés. D'autres encore, moins bien entraînés, se relevèrent. Parmi ceux-là, deux transportaient un gros tube noir sur un trépied, qui avait tout l'air d'un laser lourd. Blade visa un des deux hommes et l'abattit. L'autre resta debout un peu trop longtemps, essayant d'empêcher le laser de se briser sur les pierres. Le deuxième coup de feu de Blade et la balle de Sparra le frappèrent en même temps. Il s'écroula et le laser lui retomba dessus.

— Couvre-moi, chuchota Blade en tendant le fusil à Sparra.

Puis il s'élança parmi les décombres. La surprise retint les ennemis de tirer jusqu'à ce qu'il ramasse le laser. Les premières balles se perdirent et Sparra élimina deux hommes qui se redressaient pour mieux viser. Sur ce, les fusées éclairantes s'éteignirent et avant que les yeux des Tribaux se réaccoutument à l'obscurité, Blade était de nouveau à couvert avec son butin.

— C'est de l'Antec de Doimar, dit sombrement Sparra en l'examinant. Et tout chargé. Je pense...

Elle s'interrompit pour descendre un adversaire qui s'était relevé et courait sur la gauche. Il hurla et s'affala.

— J'espère que tu l'as eu, dit Blade. Je crois que c'était un messager, envoyé avertir les renforts que nous avons le laser. Si tu l'as eu, ils vont peut-être venir gentiment à notre portée.

— Et si un message passe ?

— Alors nous verrons probablement arriver des mortiers ou des grenades. Tu es sûre que tu ne veux pas reculer quand il est encore temps ?

Elle lui mordilla l'oreille en souriant.

— Non. Et est-ce que tu te rappelles ton nom, maintenant ? Si je dois mourir avec toi, j'aimerais le connaître.

— Appelle-moi Voros. C'est ce qui me paraît le plus naturel.

— Très bien, Voros. Je me moque de ce que disent les Lois ou le Moniteur mais je me considérerais comme une lâche si je t'abandonnais maintenant.

Blade lui pressa la main et ils se préparèrent à attendre, non plus un homme et une femme mais deux fantassins guettant l'ennemi.

Ils n'attendirent pas longtemps. Un coup de sifflet retentit dans la nuit puis un mouvement se distingua dans l'obscurité. Des Tribaux avançaient, la figure barbouillée de terre, vêtus de foncé, mais portant des fusils neufs étincelants, dont certains avec une baïonnette. Un homme les précédait, un sifflet sur un cordon autour du cou et un laser à canon court à la main. Blade retint sa respiration. Si, maintenant, quelqu'un avertissait cet officier...

Personne ne passa la consigne et les Tribus le payèrent cher. Alors que ceux qui s'étaient mis à l'abri se relevaient pour rejoindre leurs camarades, Blade leva le laser et ouvrit le feu. Le premier coup frappa l'officier et toute l'escouade derrière lui. Un des hommes devait porter des explosifs car il sauta quand le laser le frappa. Des débris macabres de son corps retombèrent en pluie. Derrière lui, les survivants se figèrent et Blade les faucha avant qu'ils puissent bouger. Ensuite, Sparra et lui tirèrent à volonté dans la masse d'hommes suivant les escouades d'avant-garde.

Les Tribaux étaient peut-être des bleus, qui n'avaient encore jamais affronté de laser, ou alors la surprise et la perte de leur officier les découragea. Toujours est-il qu'ils tournèrent les talons et filèrent sans demander leur reste, une minute après le début du travail de Blade. Ils tirèrent bien un peu, au hasard, mais après l'explosion d'un deuxième sapeur, ils ne s'en soucièrent même plus. Cinq minutes après le commencement de l'attaque, tout était fini. Il ne restait pas un seul homme des Tribus vivant, à part quelques agonisants se traînant parmi les nombreux morts. Le relent de chair grillée et d'ozone était assez fort pour révulser même l'estomac en béton de Blade.

Dans le silence, il entendit de nouveau le sifflet du vapeur puis le crépitement de lasers lourds.

— Ce doit être le Régiment Citadin, dit Sparra, venu de Kaldak, en retard comme d'habitude. Et naturellement, ils ne vont pas entrer ici. Ils s'en iront à la poursuite des Tribaux et essaieront de s'attribuer toute la gloire sans s'être battus !

— On ne peut guère leur en vouloir. C'est toujours risqué, des troupes fraîches arrivant sur un champ de bataille en pleine nuit. Il est facile de se tromper et de tirer sur des amis.

Sparra fronça les sourcils.

— C'est vrai. Mais je ne m'attendais pas à ce que tu en saches tant sur la guerre. *Qui* étais-tu ?

Blade comprit qu'il en avait un peu trop dit mais la chance lui évita d'avoir à s'expliquer. Un appel leur parvint dans la nuit :

— Hoaaa ! Il y a quelqu'un par là ?

C'était la voix de Kyatho.

— Sparra, répondit-elle. Les Tribus ont attaqué. Mais l'homme qui a perdu la mémoire — il dit qu'il s'appelle Voros — a capturé un de leurs lasers et il les a massacrés, Kyatho !

Blade entendit des murmures, puis une autre voix :

— Par les Lois, elle a raison ! On ne voit plus le sol, par endroits, tant il y a de morts.

Kyatho s'approcha, pistolet au poing, à la tête d'une escouade, comprenant Terbo et l'arbalétrier qui avait fait partie du peloton près de la rivière. Kyatho remarqua alors le laser de Blade et la tenue ultra-légère de Sparra. Son expression durcit.

— Qu'est-ce que vous avez fait tous les deux, à part massacrer les Tribus ?

— Rien, répliqua Sparra.

Blade se tint coi. Kyatho ruminait visiblement de nombreux griefs et, en révélant subitement une mémoire retrouvée, il risquait de l'irriter encore plus. Mieux valait laisser faire Sparra.

— Tu mens !

— Je mens ? Nous aurions eu le temps de faire quoi, d'après toi ? répliqua-t-elle en désignant le monceau de cadavres.

— Elle a raison, Kyatho, intervint Terbo. Allez, calme-toi, et commençons à...

— Non ! Je veux dire avant ! hurla Kyatho, ivre de fureur, et Blade se tint prêt à toute attaque. Tu as été absente assez longtemps pour faire tout ce qui te plaisait, comme d'habitude !

— Je jure par la Loi que je n'ai rien pris ni donné qui t'appartienne, riposta froidement Sparra.

Blade aurait aimé pouvoir se fondre dans l'obscurité, car cette querelle ne pouvait lui faire aucun bien. Mais s'il disparaissait, Kyatho passerait probablement sa colère sur Sparra.

Kyatho n'était pas assez furieux pour ne pas remarquer l'attitude de Blade.

— Il écoute et il comprend ce que nous disons ! glapit-il. Il mentait et toi aussi, garce !

Terbo empoigna Kyatho par l'épaule.

— Allons, viens, Kyatho. La nuit a été longue et tu perds à moitié la tête.

Kyatho poussa un grondement d'animal, s'arracha à la main de Terbo et se rua sur Sparra. Avant que Terbo ait le temps de dégainer son pistolet, il était déjà trop près d'elle pour qu'il soit possible de tirer sans risque de la blesser.

Armé de ses seules mains, Blade n'avait pas ce handicap. Il saisit Kyatho dans une prise de judo et le fit passer par-dessus son épaule. Malheureusement, Kyatho se tordit lui-même et échappa à demi aux mains de Blade, qui avait eu l'intention de le jeter sur la terre meuble, près de la fissure. Ainsi, Kyatho retomba la tête la première contre un bloc de pierre. Tout le monde entendit le double craquement écœurant quand sa nuque se brisa et son crâne se fracassa.

Terbo se pencha sur Kyatho pour s'assurer qu'il était mort, pendant que Sparra tenait les autres en respect avec le laser. A la voir, il était évident que le premier qui broncherait recevrait un rayon laser dans le ventre. Terbo se releva et regarda fixement Blade.

— Tu as retrouvé tes esprits, n'est-ce pas ?

Il ne servait à rien de mentir.

— Assez pour me souvenir que j'étais un

guerrier et me rappeler ce que je savais quand je l'étais.

— Alors je dois te demander de me rendre tes armes.

— Pourquoi est-ce que j'aurais confiance en toi ? demanda Blade.

— Aucune raison, sinon que tu peux te fier à moi plus qu'à d'autres. Kyatho avait pas mal d'amis. Si je te demande tes armes et te prends sous ma protection, aucun n'osera te toucher avant que le Moniteur Bekror rende son jugement. Autrement, tu te retrouveras gibier, avec un tas de chasseurs autour de toi. Combien as-tu d'yeux et d'oreilles ?

— Fais ce qu'il demande, Voros, conseilla Sparra. Il parle durement mais jamais il n'a failli à un serment, pas même à un ennemi. Et puis, ajouta-t-elle si bas que seul Blade put l'entendre, j'ai causé la mort de Kyatho, ce soir. Je ne veux pas te voir mourir aussi.

— Très bien.

Blade retourna le fusil entre ses mains et le tendit, la crosse en avant, à Terbo. Un engin volant bourdonna dans le ciel, un rayon laser vert jaillit sur la gauche, suivi d'un crépitement de mitrailleuse. Puis tout retomba dans le silence et l'obscurité.

CHAPITRE VII

Blade passa le reste de la nuit en détention protectrice plus ou moins officieuse. Sparra reprit le commandement du peloton de Terbo et s'en alla tandis que Terbo en personne montait la garde sur Blade et les décombres couverts de morts.

Cela inquiéta Blade. S'il était en danger de mort, de la main des amis de Kyatho, Sparra ne l'était-elle pas aussi ? Il savait qu'il ne pouvait rien faire pour la défendre sur le moment, mais il était toujours préférable de bien comprendre ce genre de situation.

— Vous avez bien été ensemble, elle et toi ? demanda Terbo. Et ne mens pas !

— Oui.

— Je m'en doutais. Cette phrase de Sparra, « rien de ce qui t'appartient », je l'avais déjà entendue. Kyatho aussi. C'était sans doute une fois de trop.

— De quel côté es-tu ?

— Du côté qui ne fera plus tuer ce soir de bons guerriers ni des reins féconds. C'est pour ça que je te protège. C'est aussi pour ça que je traquerai tout homme qui touchera à Sparra, à cause de cette nuit, si le Moniteur ne me devance pas.

— Est-ce que tu réclames Sparra pour toi, maintenant que Kyatho est mort ?

— Non. Je dois te dire que je suis stérile. Je peux être un protecteur des enfants engendrés par d'autres hommes mais jamais en faire un à une femme. Sparra a donné un fils à Kyatho et elle est assez jeune pour en avoir d'autres. Si je la réclamais, ce serait mauvais pour nous deux. Bien sûr, il m'est arrivé de coucher avec elle, mais je ne veux pas me l'attacher. Je te conseille d'en faire autant, au moins jusqu'à ce que tu aies retrouvé tous tes esprits. Autrement, elle te mènera par le bout du nez.

— J'ai eu cette impression, avoua Blade en riant.

Après cela, ils causèrent sans contrainte. Terbo était soldat depuis plus de vingt ans. Adolescent, il avait fui un village dévasté par les Doimarites en route vers la grande bataille où le Maître du Ciel Blade les avait écrasés. Orphelin, il avait été adopté par une famille kaldakienne et il s'était engagé dès qu'il avait eu l'âge requis. Depuis, il avait combattu dans la plupart des grandes batailles de Kaldak, dans diverses unités de l'armée.

— Mais pas dans le Régiment Citadin. Ces types-là sont trop fiers, ils ne prennent pas des villageois, dit Terbo avec plus de résignation que d'amertume.

— Le Régiment Citadin ?

Blade se souvint que Sparra l'avait cité, en entendant le sifflet du vapeur et en voyant les fusées éclairantes.

— Par ici, nous l'appelons le Régiment Assis.

La majorité des combattants de Kaldak étaient recrutés localement, placés sous commandement local et armés avec ce que l'on avait sous la main. Certaines villes et régions, même, qui s'étaient alliées à Kaldak ne l'avaient fait qu'à la condition de conserver leurs propres forces armées. Les troupes du Moniteur Bekror étaient une de ces armées privées presque féodales.

A part cela, il y avait les cinq bataillons du Régiment Citadin, des soldats d'élite armés tant d'Antec que de Noutec. Ils se déplaçaient en aéroglisseurs ou en ballons, sautaient en parachute et contrôlaient les robots de guerre. Ils formaient la réserve stratégique, restaient le plus souvent à l'arrière et n'étaient envoyés que lorsque la situation dépassait les forces des troupes locales.

A ce moment, ils se battaient bien, Terbo lui-même le reconnaissait. Ils étaient courageux et maniaient leurs armes avec une habileté ravageuse. Ce que Terbo et d'autres comme lui leur reprochaient, c'était de les utiliser comme appât.

— Nous déblayons le terrain, contre tous

ceux que le Haut Commandant veut écraser, nous faisons le plus dur et puis les Assis arrivent au pas de charge, nettoient le reste et s'attribuent toute la gloire.

La querelle entre les unités d'élite et les simples fantassins était aussi vieille que la guerre elle-même, et cela dans n'importe quelle dimension. Blade se rappelait comment l'effort de Doimar avait failli être compromis dans l'œuf à cause de la rivalité entre l'armée régulière et les savants qui contrôlaient les robots guerriers. Il se demanda ce qui était arrivé à Doimar après la bataille, quand les Chercheurs avaient retiré les robots et laissé les fantassins se battre ou mourir. Ce n'avait sans doute pas été trop grave, puisque Doimar demeurait une menace.

Entre les batailles, le Régiment Citadin restait proche de la civilisation et de son confort, ce qui n'arrangeait pas les choses.

— Quand ils ne s'entraînent pas, ils se vautrent sur des coussins avec une fille sur les genoux et du bon alcool dans leur coupe. Nous autres, quand nous ne nous entraînons pas, nous construisons des ponts et des routes, nous déblayons des décombres, nous faisons les moissons, tout ça.

Blade hocha la tête avec compassion. La conversation mourut et ils attendirent le jour.

L'aube vit apparaître un escadron du Régiment Citadin, des hommes et des femmes en uniforme bleu, tous armés de fusils laser et commandés par une grande femme aux yeux jaunes à l'éclat dur, qui ne laissaient pas échapper grand-chose. Ils reprirent la position et chassèrent Terbo et Blade comme de vulgaires Tribaux. Blade fut ravi de partir. L'odeur de mort devenait trop insoutenable, et puis il avait faim.

Pendant le petit déjeuner, à la caserne, il écouta les conversations et apprit ce qui s'était passé. Les Tribaux avaient surpris cette forteresse parce que personne ne les attendait. Leurs armes avaient été une surprise encore plus grande : de l'Antec et de la Noutec doimarites.

Cependant, le Régiment Citadin avait dû être au courant de l'attaque car son Quatrième Bataillon était déjà à bord de vapeurs, à une heure en amont. Dès la première nouvelle de l'assaut, il avait avancé. Grâce à la résistance farouche des défenseurs, les assaillants étaient encore concentrés quand le Quatrième arriva. Moins de la moitié des Tribaux avaient pu s'enfuir et ils étaient poursuivis.

C'était une « fameuse victoire », ou du moins ce le serait une fois les dégâts réparés, les morts enterrés et oubliés et quand on ne s'inquiéterait plus de l'aide de Doimar aux Tribus. Tout le monde se demandait si la ville rivale se remettait réellement sur le pied de guerre.

Tout le monde savait aussi que Blade avait retrouvé la mémoire et qu'il s'était comporté en héros. Beaucoup de gens étaient au courant de la mort de Kyatho. Blade s'attirait donc des félicitations qu'il acceptait et des regards noirs qu'il s'efforçait d'ignorer.

Après le petit déjeuner, un messager vint le chercher pour le conduire auprès du Moniteur. Bekror avait les yeux rougis par le chagrin et l'insomnie. Il ne s'était pas couché et avait passé une bonne partie de la nuit au plus fort de la mêlée. Un de ses fils était mort et une de ses filles, terrifiée, avait fait une fausse couche. Ce fut pourtant d'une voix ferme et vive qu'il s'adressa à Blade.

— Il paraît que tu t'es battu comme sept, cette nuit, Voros. Tu seras récompensé, quoi que tu décides.

— Que je... décide ? s'étonna Blade sans trop comprendre.

— Oui. Tu as retrouvé la mémoire hier soir, n'est-ce pas ?

— En partie, oui.

— Te rappelles-tu d'où tu viens ?

— Non. Je ne crois pas que c'était d'une des grandes villes, mais c'est tout.

— C'est ce que j'ai appris. Si tu étais de par ici et si tu avais de la famille qui puisse te venger, tu pourrais rester et tu serais bien protégé. Les Lois savent que je te garderais volontiers. Ou tu pourrais retourner chez toi. Mais tu n'as aucun foyer et je ne pense pas que tu puisses rester ici.

— A cause de la mort de Kyatho ?

— Terbo a parlé, hein ?

— Oui.

— Ma foi, je ne lui en veux pas et je ne te reproche pas de l'avoir écouté. Le seul moyen de le faire taire aurait été de l'étrangler et d'ailleurs il t'a probablement dit la vérité. Un peu de bière ? proposa le Moniteur en levant la cruche.

Blade refusa. Malgré son solide petit déjeuner il était encore un peu ivre de fatigue. Le Moniteur se servit, but et reprit :

— Je suis moi-même un partisan de l'Ancienne Loi. Un homme et une femme peuvent s'unir comme ils le désirent, du moment qu'ils ont l'accord du compagnon ou du père de la fille. Je m'efforce aussi de faire respecter les vieilles coutumes par tous ceux qui me servent. Mais les années passent, les choses changent. Maintenant, il y a des hommes qui obéissent à la Nouvelle Loi, qui veut qu'une femme reste fidèle à l'homme qui lui a fait un enfant. Ou qui le prétend, ajouta le Moniteur avec un sourire. La Nouvelle Loi est un cadeau à tout menteur qui veut faire de sa femme une esclave. Je ne comprends pas qu'un homme puisse désirer des enfants d'une femme aussi soumise, mais il faut dire que j'ai été élevé selon l'Ancienne Loi. J'étais le père de trois enfants, par trois femmes différentes, avant l'arrivée du Maître du Ciel Blade. Kyatho a pris la tête des hommes de mon domaine qui voulaient que la Nouvelle Loi soit obéie ici. Il avait beaucoup d'amis, ou du moins des hommes tout prêts à le venger. Je ne peux pas te protéger éternellement de leurs manœuvres, surtout si tu dois participer à d'autres combats. Dans une bataille, il est facile de camoufler un meurtre en accident.

Bekror vida sa coupe et la remplit.

— Cependant, il y a un moyen qui te permet de partir d'ici avec honneur et de te mettre à l'abri. Le commandant du Quatrième Bataillon du Régiment Citadin a demandé si tu acceptais d'être recruté dans le régiment. Normalement, j'aimerais mieux me séparer de Kaldak plutôt que de laisser un homme de ta valeur s'enrôler parmi les Assis. C'est ainsi qu'ils restent fort, en détournant le meilleur sang des lieux où l'on en a besoin. Mais tu es un cas particulier. Alors qu'en dis-tu, Voros ?

Voyant Blade hésiter, le Moniteur ajouta :

— Je ne sais pas ce que tu penses des Assis, mais il est certain qu'ils savent se battre. Le Quatrième Bataillon surtout. Tu te souviens peut-être qu'il est appelé Celui de Kareena.

Blade parvint à réprimer son sursaut.

— Kareena ?

— La fille de Peython, qui était la compagne du Maître du Ciel Blade. Tu connais ce nom ?

— Ça me dit quelque chose.

— Tu as probablement eu une fille nommée en son honneur. Les Lois savent qu'il y en a eu beaucoup, pendant les quelques années suivant sa mort.

— Sa mort ?

— Tu as oublié l'histoire ? Kareena commandait le Quatrième quand ils sont tombés dans une embuscade doimarite. Elle s'est mise à la tête de l'arrière-garde et elle a tenu les Doimarites en respect, assez longtemps pour que la plupart de ses hommes s'enfuient. Blessée, elle a ordonné à l'arrière-garde de l'abandonner, mais un homme est resté avec elle. Elle a fait la morte, en cachant une grenade sous elle. Quand les Doimarites sont arrivés pour l'examiner, elle l'a dégoupillée et s'est fait sauter, avec plus d'une douzaine d'ennemis.

— On dirait que...

Le Moniteur interrompit Blade avant qu'il se trahisse.

— Je ne m'étonne pas que cette histoire te revienne. Si ton amie portait le nom de Kareena, elle a dû l'apprendre au sein de sa mère. Alors, si tu allais faire un tour et réfléchir ? Mais ne t'éloigne pas trop. Je ne crois pas que les amis de Kyatho tenteront quelque chose avec le Quatrième dans le coin, mais pourquoi prendre des risques ?

« Pourquoi, en effet ? » pensait Blade une heure plus tard, en marchant le long de la rivière, sous un ciel aussi gris que son humeur.

Mais où risquerait-il plus, en partant ou en restant ? S'il restait, il aurait une situation honorable au service de Bekror. Il pourrait même trouver un moyen subtil de rechercher Culotté. S'il partait rejoindre le Quatrième Bataillon, il aurait aussi une situation honorable dans les troupes d'élite de Kaldak. Il y serait à l'abri des amis de Kyatho. Il ne pourrait pas chercher Culotté mais il serait bien placé pour apprendre ce qui se passait dans cette dimension.

Il finit par se dire qu'il devait aller à Kaldak, même s'il risquait de se trouver nez à nez avec quelqu'un qui avait connu le Maître du Ciel Blade. Il servirait dans les rangs du régiment de Kareena, où tout la lui rappellerait. Il se demanda si elle avait eu son enfant. Naturellement, il n'était pas question de se renseigner carrément mais il se dit que dans les rangs du Quatrième il l'apprendrait sans avoir à poser la question.

Un peloton de soldats de l'unité d'élite passa et Blade remarqua que leurs uniformes bleus étaient propres mais très usés. Ce n'était pas des soldats de parade. Leurs armes étaient bien briquées et certains hommes portaient la barbe. Tous défilaient comme s'ils savaient non seulement qu'ils étaient les meilleurs mais voulaient que le monde entier le sache.

Dans le fond, il y avait de plus mauvais moyens de passer un séjour dans la Dimension X qu'en servant dans un corps d'élite. Et s'il pouvait garder sa barbe, il risquerait moins d'être reconnu à Kaldak.

Blade dit mentalement adieu à Culotté et aussi à Kareena. Puis il fit demi-tour et retourna vers la forteresse de Bekror.

CHAPITRE VIII

Les cuisses de Sparra se resserrèrent comme un étau autour de Blade et elle laissa échapper une longue plainte d'extase. Deux secondes plus tard, Blade y fit écho.

Ils restèrent enlacés jusqu'à ce que leur sueur sèche. Blade se redressa sur un coude et contempla le corps bronzé de Sparra.

— Tu vas me manquer, murmura-t-il.

Il ne mentait pas. Mais il était vrai aussi qu'il s'était accoutumé à une vie faite d'une succession d'adieux.

— Et je vais te regretter, répondit Sparra en se serrant contre lui. Je t'aurais volontiers pris pour être mon homme. Mais ce ne serait pas convenable, même si Kyatho a été tué par sa propre rage plus que par ta main. Et puis cela te mettrait encore plus en danger.

Blade n'en doutait pas un instant.

— Et les amis de Kyatho pourraient se retourner aussi contre toi, dit-il. Moi disparu, ils n'oseront sans doute pas s'attirer la colère de Bekror.

— Je vais mettre de côté l'argent que tu m'as donné. Ça me permettra de me refaire une vie dans une autre région, au cas où les amis de Kyatho me forcent à quitter Sclathdon.

Le Moniteur avait remis à Blade, ce matin-là, une année de solde et Blade en avait donné les trois-quarts à Sparra. Il lui laissait aussi son matériel. Elle n'en voulait pas mais il n'en aurait pas besoin au Quatrième Bataillon et il préférait le préserver de la curiosité des savants de Kaldak.

— Bonne chance, dit-il.

— Toi aussi. Tu en auras plus besoin que moi.

— Dans le Régiment Assis ? railla Blade.

— Il va y avoir plus de conflits dans les prochaines années que depuis la grande guerre de Doimar, je crois.

— D'autres ne le pensent pas, hasarda Blade dans l'espoir de la faire parler de la situation militaire.

— Il y a des gens qui ne voient pas ce qui leur saute au nez. On raconte que Feragga de Doimar est vieille et veut la paix. C'est peut-être vrai. Mais est-ce qu'on peut être sûr que Doimar fera ce que veut Feragga ? Il est possible qu'elle soit si vieille que plus personne ne l'écoute. Toute une génération de Doimarites a grandi depuis la guerre. Ils ont une revanche à prendre et cette fois-ci, nous n'avons pas le Maître du Ciel Blade.

— Vous paraissez avoir beaucoup de ce qu'il vous a enseigné.

Ainsi, pensa Blade, cette amazone rusée de Feragga vivait encore ! Il l'avait vue pour la dernière fois dans les bras d'un robot guerrier, emportée par les collines tandis que son Chef de Guerre Nungor protégeait sa retraite au prix de sa vie. Elle devait avoir plus de soixante-dix ans et il ne s'étonnait pas qu'elle veuille la paix.

Malheureusement, il avait aussi l'impression qu'elle n'avait plus assez de pouvoir pour l'imposer. L'armement des Tribus n'était certainement pas un geste pacifique de la part de Doimar !

Au coucher du soleil, Blade s'embarqua à bord du vapeur, comme Recrue Voros du Quatrième Bataillon, Régiment Citadin de Kaldak.

Pour faciliter l'hébergement, chaque bataillon était basé dans une ville différente. Comme chacun possédait ses propres aéroglisseurs, ballons, robots et machines de guerre, ils pouvaient livrer indépendamment des batailles assez importantes. Si plus d'un bataillon devenait nécessaire, il était facile d'appeler du renfort par radio et il arrivait rapidement en ballon ou en vapeur fluvial. Dans cette dimension, personne n'avait encore inventé le chemin de fer.

Le Quatrième Bataillon était cantonné à Gilmarg, la ville où Blade avait découvert le grand entrepôt souterrain de piles qui avaient contribué au retour de Kaldak à la civilisation. Cela lui fit un drôle d'effet, pas particulièrement agréable, de se promener dans les rues où il avait affronté les premiers des robots guerriers de Doimar et livré un duel à mort avec l'arrogant Hota.

Mais il n'avait guère de temps pour s'abandonner aux réminiscences. L'entraînement était rigoureux. Très rapidement, Blade passa de l'école des recrues à l'académie de l'Infanterie. Tout le monde savait qu'il avait été un soldat avant de perdre la mémoire et personne ne s'étonna de cet avancement.

Tout n'était pas facile pour lui, cependant. Les nouvelles machines de guerre, par exemple, ne se conduisaient pas comme les chars d'assaut de la Dimension Normale. C'était des aéroglisseurs miniatures, armés d'un lance-grenades et d'un puissant laser, parfois aussi d'une mitrailleuse. Pendant les marches, les machines étaient pilotées par un homme mais au combat elles étaient téléguidées et pouvaient même être programmées pour opérer seules.

A part cela, Blade menait la vie normale d'une nouvelle recrue dans une unité disciplinée. Il avait tout le temps d'écouter ce qui se disait autour de lui. Petit à petit, il combla ses lacunes.

Il savait déjà que Kareena était morte à la guerre ; son père Peython était mort aussi, de vieillesse. Sidas avait épousé Kareena et s'était remarié après sa mort. Il vivait encore et il était même le haut commandant des forces armées de Kaldak. Blade fut heureux de l'apprendre. Sidas était ingénieux, courageux et pétri de bon sens.

Bairam, le frère de Kareena, avait épousé Geyrna, la fille du marchand Saorm, qui lui avait donné une belle famille. Mais après la mort de son père il s'était fourré dans une sale affaire — Blade ne put apprendre les détails — et vivait maintenant en exil dans un coin écarté de l'empire de Kaldak. Geyrna avait demandé le divorce et elle était à présent membre du Conseil des Neuf, le corps politique le plus élevé de Kaldak.

Blade fut heureux de savoir que tant de ses amis avaient bien réussi. L'exil de Bairam le navrait, mais on pouvait toujours compter sur lui pour s'attirer des ennuis. Bairam n'avait jamais appris à se taire !

Blade ne cessait d'ouvrir les yeux et les oreilles, espérant surtout avoir des nouvelles de l'enfant qu'il avait eu de Kareena. De temps en temps, il était question de « la fille de Kareena », mais on parlait d'elle à mots couverts, comme si elle avait commis quelque crime honteux. Il était impossible de savoir qui était son père, le Maître du Ciel Blade ou le commandant Sidas.

Avant que Blade puisse en apprendre davantage, le Quatrième Bataillon repartit en campagne.

CHAPITRE IX

Le feu de position, dans la queue du remorqueur aérien anti-gravité clignota deux fois. A l'avant de la nacelle du premier ballon, le sergent décrocha le câble et le laissa tomber dans le vide. Le bourdonnement sifflant des hélices du remorqueur s'éloignèrent et se turent. Les paras du Quatrième Bataillon restèrent seuls dans la nuit, à bord des trois ballons.

La consigne du compte à rebours fut donnée à voix basse. Ils étaient à plus de quinze cents mètres d'altitude et à plusieurs kilomètres de la Tribu la plus proche et ce chuchotement était assez ridicule.

Si le vent restait stable, les trois ballons contenant cent vingt soldats dériveraient vers un important village qui, d'après la reconnaissance aérienne, contenait un dépôt de munitions et d'armes envoyées par les Doimarites aux Tribus de la région. Il pourrait même y avoir aussi des conseillers doimarites.

En sautant de ballons passant silencieusement dans la nuit, les Kaldakiens espéraient surprendre le village. Les armes et les munitions seraient détruites, les conseillers capturés. Ensuite, la compagnie se retrancherait et attendrait une offensive kaldakienne, entre le village et la frontière. Face aux machines de guerre et à l'artillerie, les Tribus devraient battre en retraite. Leur principale ligne de repli passait par le col contrôlé par le village. Les ennemis reculeraient donc dans les bras de la compagnie.

Du moins, c'était le plan tel que le comprit Blade. Il comprenait aussi que bien des choses pouvaient aller de travers dont beaucoup seraient fatales à la compagnie isolée. Comme il était un bleu, sur le point de participer à son premier combat avec le Quatrième, il ne dit rien. Pas question de se laisser surprendre à penser comme un ancien combattant et un officier !

Même dans les territoires civilisés, il y avait peu de lumières au sol, la nuit. Là, parmi les Tribus, tout était noir comme un gouffre sans fond. Blade distingua au loin une faible lueur, un feu de camp ou peut-être le reflet de la demi-lune dans une mare.

L'ordre fut enfin donné de se préparer. Blade accrocha son parachute au câble bordant la nacelle. Puis il commença à respirer lentement et régulièrement pour se détendre. Il avait effectué une bonne cinquantaine de sauts, dont certains au combat, mais n'en était pas moins nerveux à chaque fois. On était tout aussi mort si votre parachute se mettait en torche au centième saut qu'au premier.

— Cinq, quatre, trois, deux... Go ! gronda le sergent.

Des ombres commencèrent à se jeter par-dessus bord. Quelques instants plus tard, Blade aperçut les formes spectrales des parachutes camouflés qui se déployaient. Les hommes sautaient alternativement à droite et à gauche, pour ne pas déséquilibrer la nacelle.

A la droite de Blade l'homme avait sauté. Ce fut au tour de celui de gauche puis il sentit une main sur son épaule et se hissa sur le rebord de la nacelle. Il portait trente kilos d'armes et de matériel, en plus du parachute. La main le poussa dans les reins et il plongea dans le vide.

Comme toujours, la chute libre parut durer éternellement. Une fois qu'il se balança sous le parachute, Blade cessa de s'inquiéter. A basse altitude, il n'y avait presque plus de vent. Il ne serait pas traîné comme un pantin sur un terrain accidenté.

Quelque part dans la nuit un long cri d'horreur s'éleva et se tut quand le soldat dont le parachute ne s'était pas ouvert s'écrasa au sol. Blade serra les dents et décrocha de son épaule son fusil-laser, au cas où il tomberait sur un comité de réception hostile.

Il ne trouva personne. Il atterrit tout tranquillement dans de hautes herbes et avant qu'il se soit complètement débarrassé de son parachute, trois camarades le rejoignirent. Deux autres arrivèrent dans les minutes suivantes, dont une femme caporal d'un autre peloton. Blade se dit qu'ils avaient de la chance de ne pas être encore plus dispersés.

Quand il fut évident que personne d'autre n'allait venir, le caporal prit le commandement. Elle s'orienta et conduisit son peloton improvisé dans la direction qu'elle croyait être celle du village à attaquer.

Blade espérait qu'elle se trompait. S'ils trouvaient le village, ils succomberaient sous le nombre des défenseurs. Même s'ils n'étaient pas massacrés, ils détruiraient l'effet de surprise et alerteraient les conseils doimarites à temps pour qu'ils s'enfuient. Et les responsables des Services de Renseignements rendraient la vie très dure à ceux qui avaient anéanti leurs espoirs de faire des prisonniers.

Alors qu'ils avançaient dans le noir, à tâtons, le terrain se mit à descendre en pente abrupte. Blade s'aperçut qu'ils étaient sur les flancs d'un cratère d'au moins trente mètres de diamètre. Il paraissait récent, avec juste quelques petites touffes d'herbe sur les bords. Blade butta contre un objet dur, le ramassa et vit que c'était un morceau de métal travaillé, singulièrement léger pour sa taille et sans aucune trace de rouille ni de corrosion.

Quelque chose d'assez gros avait dû tomber ou exploser là, il n'y avait pas longtemps. Un remorqueur aérien, éclaireur kaldakien ou ravitailleur doimarite des Tribus? Probablement.

Mais Blade se demanda s'il y avait assez d'énergie dans les piles d'un remorqueur, même les plus gros, pour creuser un aussi vaste cratère. Il aurait voulu pouvoir l'examiner au jour.

Un appareil antigravité bourdonna dans le ciel, le plus grand que Blade avait jamais vu. Dans cette région, cette nuit, il devait être doimarite. Blade s'immobilisa, les autres aussi. Le dernier du groupe fut pris de panique et courut vers l'abri de quelques buissons. Son mouvement attira l'attention de quelqu'un, à bord de l'appareil volant. Un rayon laser vert le transperça. Il hurla. Le caporal courut le traîner à couvert. Deux secondes plus tard, le blessé hurlant se désintégra quand un nouveau coup de laser fit sauter ses grenades.

Blade se jeta à terre ainsi que les deux hommes qui l'entouraient. Le caporal fut pris par surprise et aussi par des éclats de grenades. Elle grogna et s'assit brusquement, puis elle se cassa en deux, du sang jaillit de sa bouche et elle ne bougea plus. Blade rampa vers les autres survivants et chuchota :

— Nous devons avancer. Si nous reculons, nous serons à découvert et ce truc-là nous fauchera au laser. Si nous avançons, nous serons à couvert.

— Mais le village doit être alerté, maintenant. Ils vont envoyer une patrouille et nous n'aurons aucune chance.

— Une petite, pas trop bonne, reconnut

Blade, mais c'est mieux que d'essayer de courir plus vite qu'un rayon laser.

Les autres ne purent nier cette vérité évidente, même si elle sortait de la bouche d'un bleu. C'était une de ces situations où le premier qui parle raisonnablement écope du commandement.

Les trois soldats se glissèrent dans des fourrés qui se transformèrent vite en forêt. Ils n'avançaient pas aussi silencieusement que l'aurait voulu Blade, mais il savait aussi que même si on les entendait ils étaient totalement invisibles. Au bout de quelques minutes, ils aperçurent de la lumière entre les arbres. Blade prit les devants pour aller voir ça de plus près. De l'orée du bois il vit une demi-douzaine de Doimarites s'activant autour d'une pile de caisses en bois et en plastique. Quatre hommes les transportaient dans un grand abri de terre et de pierre pendant que deux autres montaient la garde. A côté, un second abri était hérissé de grandes antennes. De l'autre côté de la clairière, quelques huttes tribales étaient dispersées ; Blade distingua le village principal à quatre cents mètres environ au bout d'un sentier sinueux. Près du tas de matériel une lanterne était accrochée en haut d'une perche, voilée pour ne pas être vue du ciel. Les compagnons de Blade le rejoignirent en rampant.

— Nous avons de la chance, leur souffla-t-il. Nous tombons sur le dépôt de munitions, ils ne sont pas alertés et le village est plus loin. Si nous frappons assez fort, nous pouvons nous emparer du dépôt et d'un ou deux prisonniers avant qu'ils se réveillent.

Un des hommes écarquilla les yeux.

— Tu es fou ! Ils ont bien entendu le tir, là derrière !

— Oui, mais si le pilote n'a pas repassé le mot, ils ne savent pas ce que c'était. Ils peuvent penser qu'il tirait sur des ombres.

— Ils sont quand même plus nombreux, protesta l'autre mais le premier lui posa une lourde main sur l'épaule.

— Tais-toi, Grudi, sinon tu seras le premier mort. Voros a raison. Nous aurons une meilleure chance si nous les surprenons et les faisons tourner en rond les uns sur les autres.

Blade sourit largement à ce nouvel allié. Le soldat Ezarn était un ancien fermier, un colosse qu'on devait se mettre à trois pour maîtriser quand il avait trop bu le jour de la solde. A jeun et au combat, il valait une demi-brigade.

A trois seulement et sans une minute à perdre, la tactique de Blade fut rudimentaire. Il éteignit la lanterne au laser et tandis que l'obscurité enveloppait la clairière, il lança quatre grenades aussi vite qu'il put les dégoupiller. Les explosions allumèrent un incendie dans le tas de matériel qui illumina de nouveau la clairière. Elles mirent aussi hors de combat la majorité des Doimarites. Il n'en restait que deux sur pied quand Blade et ses camarades se ruèrent à l'assaut.

Ezarn et Grudi prirent par la gauche. Ils devaient lancer des grenades dans le dépôt de munitions avant que quelqu'un à l'intérieur ferme la porte. Blade abattit un des Doimarites survivants puis il s'élança sur la droite vers les huttes et le sentier menant au village. Il voulait décourager, pendant quelques minutes au moins, les habitants de participer au combat.

Tout en courant, il guettait le dernier des Doimarites. Il finit par l'apercevoir qui sautait d'ombre en ombre vers l'abri hérissé d'antennes. Blade tira à la course, manqua son coup et s'arrêta pour mieux viser. L'homme en profita pour bondir par la porte de l'abri et la claquer sur lui. Blade jura. L'homme allait probablement appeler des renforts par radio ou faire sauter le matériel électronique que les services de renseignements kaldakiens seraient heureux d'examiner. Il visa avec soin la base de la plus grande antenne et tira, dans l'espoir de la mettre hors d'état.

Son succès dépassa ses espérances. Un coup de tonnerre retentit, une lueur bleu-blanc fulgura et des débris de métal en fusion tombèrent en pluie sur toute la clairière. Certains tombèrent sur le chaume sec des huttes qui s'enflammèrent instantanément. Blade entendit un hurlement de femme dans une des cases. Il courut vers l'abri des arbres, de l'autre côté. De là, il couvrirait le sentier et ne serait pas vu des gens qui allaient surgir des huttes. Il ne fut pas assez rapide. Une porte s'ouvrit et un jeune homme se précipita en criant :

— Imbécile ! Bande de crétins avec vos armes à feu...

Il s'interrompit en se tournant vers une des huttes en flammes, pâlit et hurla :

— Klana !

Sur ce, il regarda de nouveau Blade, pâlit encore plus et dégaina son épée.

Blade abattit la crosse de son fusil sur le poignet de l'homme qui lâcha son arme mais parut tout prêt à bondir sur Blade pour l'étrangler de ses mains. Ses oreilles étaient deux fois plus grandes que la normale, pointues et velues.

— Va chercher ta femme et les autres et fais-les sortir de là ! rugit Blade. Ce n'est pas votre combat. Je ne vous ferai pas de mal à moins d'y être obligé.

Il leva son fusil. Le jeune homme le regarda, bouche bée, remuant les oreilles, en se demandant apparemment lequel des deux était fou. Puis il jugea qu'il n'avait rien à perdre et se précipita dans la première hutte. Il en fit sortir plusieurs personnes, dont une femme encore plus jeune que lui, avec un bébé. Ils avaient tous les mêmes grandes oreilles velues, toussaient et se frottaient les yeux ; le bébé poussait des cris perçants. Le jeune homme leur montra le sentier et tout le monde y courut sans se faire prier.

Le jeune homme attendit que tous les habitants des huttes soient partis puis il se tourna vers Blade.

— Je suis Ikhnan, le chef de la Tribu des Chats Rouges...

A ce moment, un rayon laser parti du bord de la clairière faillit lui brûler les cheveux. Un second l'aurait frappé mais le dépôt de munitions explosa dans un fracas assourdissant. L'onde de choc jeta à terre Blade et Ikhnan et gâcha le tir du laser. Des branchages et des nids tombèrent des arbres ; le jeune chef se releva et prit ses jambes à son cou. Il avait disparu avant les derniers échos de la déflagration.

Blade tourna la tête et vit Ezarn chanceler vers lui. Il soutenait Grudi d'un bras et portait dans l'autre main un laser lourd doimarite et une sacoche de piles. Il était noir comme un charbonnier mais ses dents blanches étincelaient dans un large sourire joyeux.

— Des tas de matériel là-dedans que je n'avais jamais vu, mais je ne savais pas comment ça marchait. Alors j'ai pris des trucs que je connaissais. Probable que nous aurons à nous battre encore un peu. Ce type que tu as fait fuir, il va revenir avec ses copains.

— Possible, marmonna Blade.

Il regarda du côté du sentier, en espérant que le village était évacué. Si les habitants avaient assez d'avance, les Kaldakiens ne prendraient peut-être pas la peine de les poursuivre...

L'appareil antigravité de Doimar revint en bourdonnant. Blade et Ezarn plongèrent dans un fourré. Des rayons laser crépitèrent, sans autre résultat que de mettre le feu à une nouvelle hutte. Puis l'appareil se posa. Un sabord s'ouvrit au sommet et un homme armé d'un fusil-laser sortit la tête.

Avant qu'il puisse regarder autour de lui, Blade tira. L'homme s'affala, mi-dedans, mi-dehors. Ezarn et Blade se précipitèrent, se baissèrent sous les hélices tournant encore et sautèrent sur l'appareil. Au même instant, la porte de l'abri électronique s'ouvrit. Un nuage de fumée verte en jaillit ainsi que plusieurs Doimarites.

Blade et Ezarn se jetèrent parmi eux. Blade était expert dans pratiquement toutes les formes de combat à mains nues et Ezarn était énorme et solide. En moins d'une minute, tous les ennemis sauf un gisaient sans connaissance. Ezarn abattit le dernier qui courait vers le village et Blade coupa au laser la porte verrouillée de l'appareil.

A l'intérieur, le pilote se débattait avec ses commandes, pour tenter de décoller, mais il était tellement affolé qu'il ne savait plus quels boutons pousser. L'appareil commençait à peine à se soulever quand Blade lui assena un coup de crosse sur la nuque. Le pilote retomba sur son siège et l'appareil sur le sol.

Une minute plus tard, Blade et Ezarn durent prendre la fuite dare-dare car le remorqueur kaldakien descendait en piqué en faisant feu de tous ses lasers. Ils avaient à peine tiré les

Doimarites inconscients à l'abri quand l'appareil capturé explosa. Blade poussa un nouveau juron.

Les explosions réveillèrent un des Doimarites. Il regarda les ruines flambantes autour de lui et se mit à rire nerveusement.

— Vous croyez avoir gagné ce soir, Kaldakiens ! Vous vous figurez que vous avez gagné. Mais nous aurons notre vengeance ! Votre ville sera réduite à ça ! Votre précieuse Kaldak folle sans Maître du Ciel pour vous sau...

Ezarn le fit taire d'un coup de poing qui le renvoya dans les pommes.

Blade et Ezarn se regardèrent.

— Je me demande ce qu'il entendait par là, marmonna le colosse en se frottant le poing. Ils ont peut-être une nouvelle espèce de machine de guerre ?

— Je crois qu'il avait perdu la tête, dit Blade, l'air plus calme qu'il ne l'était.

Il se rappelait le cratère avec les bouts de métal et l'antenne électronique sur l'abri. Mais si les Doimarites mettaient au point une arme secrète, pourquoi installeraient-ils leur base d'essais dans ce coin perdu des territoires des Tribus, si loin de leur ville et si vulnérable à une attaque ennemie ?

Blade cherchait encore à percer ce mystère quand le reste de la compagnie parachutiste arriva, guidée par les flammes et par les messages-radio indignés du remorqueur aérien. L'humeur du commandant ne fut pas radoucie quand il découvrit que, pendant qu'il cherchait son objectif, la plus nouvelle recrue de l'unité avait remporté la victoire presque à lui tout seul.

CHAPITRE X

Maintenant que le secteur était bien nettoyé et dégagé des Doimarites comme des Tribaux, un train de ballons pouvait atterrir sans danger. Il amenait une autre compagnie du Quatrième Bataillon, avec des mortiers et des munitions. Il remmena les blessés, les prisonniers doimarites et les agents de renseignements. Aucun prisonnier ne voulait répondre aux questions, alors ils étaient en route pour Kaldak où ils passeraient par les chercheurs de vérité.

Les deux compagnies se mirent en marche vers leurs positions, laissant derrière elle le mystérieux cratère, sans que Blade ait pu l'examiner au jour. Il apprit qu'il y en avait d'autres, mais où, combien et de quelle importance, il n'en savait rien.

Au cours de la marche, des éclaireurs rapportèrent que les Tribus abandonnaient leurs villages et se dispersaient dans la montagne et les forêts. De temps en temps, les éclaireurs ou un remorqueur aérien mettait le feu à quelques cabanes, histoire de garder les Tribus en mouvement. A part cela, les deux camps se laissaient plus ou moins tranquilles.

Les deux compagnies opérèrent enfin leur jonction avec le gros des forces kaldakiennes. Trop de Tribaux avaient pu s'échapper, à leur gré, mais il y avait quand même quelque cinq cents guerriers pris en tenaille entre les deux unités. Ils avaient avec eux le bétail de plusieurs villages, ce qui serait une bonne prise. Les Kaldakiens se préparèrent à rassembler les troupeaux et leurs gardiens.

— Ouvrez le feu !

Six mortiers tirèrent à l'unisson dans un long grondement. Six obus de dix livres s'en allèrent survoler la crête à l'ouest. Une minute plus tard, le bruit lointain des explosions se répercuta dans la vallée. Un lampe signal clignota deux fois, dans un arbre du sommet.

— Rectifiez le tir à droite, cria le commandant des mortiers.

Les servants réglèrent les canons, sous l'œil détaché et professionnel de Blade. Son peloton avait été affecté à la protection des mortiers. Le Tribal le plus proche se trouvait à au moins deux kilomètres de l'autre côté de la crête et y resterait vraisemblablement, vivant ou mort. Avançant par la vallée, les machines de guerre devaient en principe pousser les Tribus sous le feu des mortiers.

Les mortiers tirèrent une deuxième fois et de

nouveau le grondement des explosions se fit entendre, tandis que montait un nuage de fumée. Les obus kaldakiens n'étaient pas les meilleurs que Blade avait vus, mais n'importe quelle arme est assez bonne si elle vous frappe.

Et puis une explosion d'un tout autre genre retentit, derrière Blade. Quarante soldats pivotèrent comme des marionnettes tirées par leurs ficelles. Un engin traînant une fumée bleuâtre passa au-dessus de leurs têtes en sifflant. Le panache de fumée aboutit à la base de l'arbre de l'observateur. Un horrible champignon de fumée noire et de branches cassées se déploya.

Une autre fusée passa et explosa près de la première. Blade aperçut une lueur verte de laser, juste au-dessous de l'engin. Ainsi, pensa-t-il, les Doimarites avaient inventé un téléguidage au laser pour leurs fusées ! Et infiltré une équipe de lancement sur les arrières des Kaldakiens. Leur technologie et leur tactique méritaient un coup de chapeau.

Puis Blade dut abandonner son détachement professionnel.

— En avant ! Sus à l'ennemi ! gueula le commandant du peloton et il mourut la bouche ouverte quand une troisième fusée frappa la pile d'obus.

Des éclats volèrent dans toutes les directions et l'un d'eux transperça la poitrine du commandant. Un soldat eut la tête emportée et son sang inonda Blade.

L'assaut ne faisait que commencer quand

plusieurs lasers entrèrent en action ainsi qu'une espèce de lance-grenades, dont les projectiles explosèrent parmi les Kaldakiens.

Cela mit fin à l'attaque. Le peloton se jeta à couvert dans l'herbe haute de la prairie et ne bougea que lorsque les grenades ou le feu des lasers s'approchait un peu trop. Les blessés ne pouvaient pas toujours s'écarter à temps. Blade entendait leurs appels au secours, leurs hurlements de douleur quand ils étaient brûlés vifs.

Il ferma impitoyablement ses oreilles à ces cris en observant la fumée qui s'épaississait. Bientôt elle serait assez dense pour cacher un homme en mouvement. Sur la gauche, il y avait une petite ravine montant vers la hauteur tenue par l'ennemi. Sous le couvert de cette ravine, une escouade pourrait avancer à portée du lance-fusées.

Blade examina les hommes qui l'entouraient. Certains étaient trop ahuris pour bouger, d'autres trop grièvement blessés. Il grinça des dents. Apparemment, il allait devoir faire à lui tout seul le travail d'une escouade. Il prit quelques grenades supplémentaires à des cadavres et se mit à ramper vers la ravine.

A mi-chemin, la fumée commença à se dissiper. Blade comprit que dans une minute il serait visible et vulnérable, alors il misa sur la vitesse. Il se releva et bondit vers le bord de la ravine. La terre s'effrita sous son poids et il tomba de trois mètres dans le lit d'un ruisseau.

Blade savait comment tomber et il ne se fit

aucun mal. Ses grenades étaient intactes aussi mais son fusil-laser courbé comme une banane. Il s'en voulut d'avoir été si pressé qu'il n'avait pas empoigné un fusil de secours. Il lui faudrait maintenant attaquer uniquement à la grenade, et puis ramasser un fusil sur un cadavre doimarite, ce qui transformerait une mission déjà dangereuse en véritable suicide. Mais les autres choix étaient pires. Il pouvait rester assis là jusqu'à ce que les Kaldakiens soient vainqueurs, auquel cas il passerait en conseil de guerre pour lâcheté et serait soumis au chercheur de vérité, ou jusqu'à ce que les Doimarites gagnent et là il serait capturé ou exécuté.

Au moins, cette fois, il pourrait être un héros anonyme. Il se leva et sursauta aussitôt quand un grand corps dévala le flanc du ravin, traînant un nuage de poussière et de gravier. L'apparition brandissait un fusil-laser.

— Tiens, Voros, j'en apporte deux.

C'était Ezarn.

— Qu'est-ce que tu fais là ? pesta Blade.

— Je viens avec toi, tiens !

— Tu es fou !

— Je le serais encore plus de rester couché là et de les laisser me hacher menu. Ou si je montais là-haut comme toi sans fusil. D'ailleurs, tu as de la chance. Elle déteindra peut-être sur moi.

Blade n'en était pas trop sûr mais ce n'était pas le moment de discuter.

— Bon, d'accord. Suis-moi.

Ce fut ainsi que Blade devint un héros renommé, pour la troisième fois depuis son retour à Kaldak.

Ezarn et lui grimpèrent par la ravine et rampèrent à portée de grenade des Doimarites sans avoir été surpris. Les Doimarites s'appliquaient à causer le plus de dégâts possible aux Kaldakiens sans défense et oubliaient leurs flancs et leurs arrières. C'était une vieille erreur et tout aussi mortelle que d'habitude, quand les grenades commencèrent à leur pleuvoir dessus.

Une d'elles fit détonner la tête chercheuse d'une fusée qui à son tour en fit sauter plusieurs autres. Quand la fumée se dissipa, le lance-fusées était bon pour la ferraille et ses servants de la chair à pâté. Blade et Ezarn se redressèrent d'un bond et plongèrent parmi les survivants à grands coups de pied, de poing et de crosse. Quand d'autres Kaldakiens les rejoignirent, il y avait vingt cadavres épars ; vingt autres Doimarites et des Tribaux s'enfuyaient dans toutes les directions, pris en chasse par ce qui restait du peloton de Blade.

Blade s'accroupit à côté d'une Doimarite grièvement blessée, une technicienne, et essaya de lui porter secours. Mais il n'y avait rien à faire, alors il lui tint la main pendant qu'elle mourait.

Quand il leva les yeux, il vit le commandant du Quatrième Bataillon qui le dévisageait. Avec sa figure noire de terre et de fumée, ses vêtements trempés de sang, il devait présenter un spectacle macabre.

— Ce n'est pas mon sang, Commandant, dit-il vivement.

L'officier rit de bon cœur.

— Tant mieux. Alors tu vivras pour recevoir ce que tu mérites. Une promotion de chef de peloton, au moins, et tout autre chose que le Haut Commandant Sidas jugera bon.

— Sidas ? fit Blade d'un air bête.

— C'est vrai, tu es le type qui a perdu la mémoire.

Le commandant expliqua qui était Sidas et que Blade allait être envoyé à Kaldak pour y être félicité par le Haut Commandant en personne.

— Ça ne t'effraie pas, au moins, d'être présenté au Haut Commandant ?

« Normalement non, aurait pu répondre franchement Blade. Mais quand c'est un homme qui risque de me reconnaître et de découvrir le secret de la Dimension X, c'est une autre affaire. »

— Non, Commandant, répondit-il simplement. Pas plus que de combattre les Doimarites.

CHAPITRE XI

On donna à Blade un uniforme neuf et on lui dit de s'arranger pour faire bonne impression devant le Commandant Sidas. Il n'avait pas besoin de raser sa barbe, heureusement ; sinon il aurait sérieusement envisagé de déserter. Si jamais Sidas le reconnaissait, ou avait seulement un soupçon, il le ferait certainement passer au chercheur de vérité. Ainsi, ce fut avec une barbe noire de pirate qu'il embarqua à bord d'un antigravité pour Kaldak. Peu de gens reconnaissent un barbu qu'ils ont vu rasé de près trente ans plus tôt.

Blade espérait en apprendre davantage sur ce qui se passait dans cette Dimension. Même s'il n'en retirait rien pour le Projet il était curieux de connaître les résultats de sa première visite. Et puis quelques amis en haut lieu ne lui feraient pas de mal, compte tenu des amis de Kyatho.

L'appareil descendit en spirale vers ce que Blade baptisa l'Aéroport municipal de Kaldak, trois hectares d'asphalte cernés de hangars, d'ateliers et... d'étables !

Des hommes d'équipe en firent sortir un long chariot traîné par douze bœufs. L'antigravité se souleva de nouveau et se reposa sur le chariot. Les bouviers firent claquer leurs fouets et les bœufs tirèrent l'appareil vers un des hangars.

Blade était médusé. Ce mélange d'avenir lointain et de Moyen Age ne cessait de lui ménager des surprises.

L'aéroport était si près de la ville que le groupe s'y rendit à pied. C'était un des avantages de l'antigravité, on n'avait pas besoin de construire les aéroports au diable pour avoir d'assez longues pistes. En principe, un tel engin pouvait se poser en plein centre. Toutefois, si les génératrices tombaient en panne, l'appareil ne planait pas ; il tombait comme un fer à repasser. Mieux valait qu'il aille s'écraser dans les champs que sur des immeubles d'habitation.

La route était embouteillée. Blade vit des munfans, ces animaux évoquant les kangourous, des bœufs, des espèces de chevaux et beaucoup de porteurs humains. De temps en temps une machine de guerre passait bruyamment et tout le monde se rejetait sur les bas-côtés.

Ils franchirent un pont sur un canal qui n'existait pas à la première visite de Blade. Des esclaves renforçaient les berges avec des dalles de pierre. Ce devait être des Tribaux, à en juger par le nombre de mutants.

Ezarn prit pour de l'inquiétude la préoccupation de Blade, son intérêt pour tout ce qu'il voyait et entendait.

— Je te comprends, dit-il gaiement. Moi, c'est pareil. Ces foutus commandants peuvent t'en faire baver autant que les Doimarites et on ne peut pas riposter. Du moins, si on tire sur un commandant, ça fait un sacré pet.

La ville de Kaldak s'étendait toujours autour des trois tours centrales, d'où partaient dix-huit rues. Les bâtiments n'avaient pas changé mais ils étaient mieux entretenus et réparés avec du métal et du ciment au lieu de bois et de pierres. Il y avait des immeubles de Noutec atteignant la moitié de la hauteur des tours, dont un encore en construction. Trois des rues avaient été transformées en jardins publics et une en marché couvert.

Une cinquième, bordée de casernes, de hangars et de garages pour les machines de guerre, servait de place d'armes aux unités d'infanterie cantonnées à Kaldak. Le groupe de Blade remonta par cette avenue vers le quartier général du Haut Commandant, dans la plus haute tour.

Sidas avait été un jeune guerrier bien bâti et bel homme. Il était encore impressionnant, malgré ses rides et ses cheveux gris. A présent, il portait la moustache et avait pris quelques kilos mais il avait le regard plus pénétrant que jamais. Un regard annonçant qu'il avait pratiquement tout vu et qu'il ne serait pas prudent d'avoir des secrets pour lui. Pour Blade, ces yeux étaient presque aussi intimidants que les fusées doimarites. Si quelqu'un était capable de deviner son identité, ce serait Sidas.

Le Haut Commandant passa en revue Blade, Ezarn et les quatre autres soldats à décorer. Il portait une combinaison verte toute simple mais ses bottes étaient des chefs-d'œuvre de bottier, cirées comme des miroirs. Elles grinçaient aussi à chaque pas, ce qui agaçait les dents de Blade.

Finalement, Sidas s'arrêta devant lui. Il ne parut pas le reconnaître quand il le regarda en face, en tirant de sa bourse un petit écrin.

— Tu sais que les Renseignements veulent ta peau ? dit-il.

— Non, Haut Commandant, je ne le savais pas.

— Normal. C'est un secret et ça doit le rester, répliqua Sidas en foudroyant tout le monde d'un regard promettant la mort lente aux bavards. Nous n'avons rien appris de ces Doimarites que tu as capturés. Rien ! Deux d'entre eux ne savaient rien et les autres sont morts sous le chercheur de vérité.

« Une sorte d'hypnose, probablement, pensa Blade. Ils doivent vraiment tenir à préserver leur arme secrète ! »

— Je suis désolé, dit-il.

— Tu ne pouvais pas le savoir, Voros. C'est ce que j'ai dit à ces gens des Renseignements et s'ils insistent je les ferai tous jeter dans un tas de bouse de munfan ! Alors tu reçois l'Etoile d'Honneur. Tiens, dit Sidas en tendant l'écrin. Pour héroïsme, courage et ainsi de suite. Tes camarades et toi, vous savez ce que tu as fait alors je laisse les belles paroles à d'autres.

Il passa au soldat suivant. Blade ouvrit la petite boîte et découvrit une étoile de bronze à sept pointes portant le mot « Honneur » en caractères kaldakiens. Il l'accrocha à son cou, heureux de ne plus être l'objet de l'attention du Haut Commandant. Moins Sidas le verrait, plus il serait tranquille.

Pour le moment, il était dépité et furieux. Il s'était douté que les Doimarites auraient une protection contre tout interrogatoire. Il avait même envisagé d'en avertir les officiers. Mais le commandant de compagnie ne l'aurait pas écouté et les agents des Renseignements se seraient demandé comment le soldat Voros en savait tant. Une fois de plus, il ne pouvait faire la moitié du travail qu'il voulait, à cause de ce maudit secret de la Dimension X !

Finalement, Sidas revint vers lui.

— Voros, si tu veux, tu peux suivre les cours d'élève officier. Tu as une tête de commandant sur tes épaules. Tu es un excellent soldat mais tu serais meilleur à la tête d'un peloton ou même d'une compagnie.

— C'est un honneur pour moi. J'accepte.

— C'est ce que j'espérais.

Ils se serrèrent la main et Sidas repartit vers les autres à qui il offrit des récompenses aussi généreuses. Un des soldats, grièvement blessé et marchant sur des béquilles, eut droit à sa retraite anticipée avec pension totale. Un autre voulait être muté dans le bataillon des machines de guerre et obtint satisfaction. Ezarn demanda assez d'argent pour que sa mère et sa sœur conservent leur ferme.

Blade savait qu'en devenant officier il serait sous l'œil du public, mais il l'était déjà, grâce à sa manie de faire le héros ! Et puis il avait passé l'épreuve avec Sidas. Personne d'autre, à Kaldak, ne risquait de le reconnaître. Il n'était pas entièrement en sécurité mais il pouvait respirer plus à l'aise.

Quand ils sortirent de la salle d'audience, Ezarn s'approcha de lui et fit un salut militaire exagéré.

— Pardon, mon officier, est-ce que j'ai l'autorisation de parler ?

— La prochaine fois que tu me demanderas une autorisation, je te la refuserai !

La voix de Blade était plus dure qu'il ne le voulait. Il s'était fait une joie d'avoir la rude camaraderie d'Ezarn pendant son séjour à Kaldak. Maintenant il allait se retrouver seul ; c'était inévitable, sans doute, mais même l'inévitable devient lassant quand il se produit trop souvent !

— D'accord. Ce que je voulais dire, c'est la

première fois que nous avons l'occasion de faire la tournée des tavernes ensemble. Et aussi la dernière, avant qu'un foutu lécheur de Loi me colle au bloc pour ça. Alors rameutons quelques gars, et allons-y !

— Tu n'auras pas besoin de me traîner, Ezarn !

Une nuit de beuverie n'était pas une mauvaise idée. Blade se demanda si l'alcool kaldakien s'était amélioré en trente ans. Même s'il était toujours aussi mauvais, il lui permettrait d'oublier pendant quelques heures le secret de la Dimension X.

CHAPITRE XII

La taverne était semblable à toutes celles que Blade avait vues, dans de nombreuses dimensions, surpeuplée, étouffante, bruyante et enfumée. Ici à Kaldak la fumée venait de quelque chose qui brûlait dans des récipients de cuivre suspendus au plafond par des chaînes. Blade trouvait que ça sentait les vieux pneus mais les Kaldakiens n'en étaient pas gênés. Il se demanda si c'était un soporifique, une drogue, un aphrodisiaque ou simplement destiné à faire boire les clients plus vite pour ne plus avoir à sentir ça.

Les récipients pendaient si bas que Blade devait courber la tête pour passer dessous. La plupart des Kaldakiens étaient trop petits pour avoir ce problème mais Ezarn s'était déjà assommé. Il ronflait paisiblement dans un coin. Un camarade montait la garde à côté de lui pour lui éviter d'être dévalisé ou piétiné.

Blade avait déjà vidé plusieurs grandes chopes de bière. La petite brune assise sur ses genoux s'efforçait de lui faire boire de l'alcool fort mais il refusait. L'alcool kaldakien était déjà assez redoutable seul. Sur de la bière... Il n'avait pas envie de se présenter pour son premier jour à l'Ecole des Commandants avec une gueule de bois monumentale.

Au bout d'un moment, la fille se frotta contre lui. Elle était agréablement potelée et son corsage déboutonné révélait de pulpeuses rondeurs. Sa jupe remontait jusqu'en haut de ses cuisses et elle ne portait rien dessous.

Quand le corsage glissa de ses épaules Blade remarqua des tatouages sur les deux seins. Il les caressa du doigt.

— Tribu ?

— Oui, avoua-t-elle en hésitant. J'ai été enlevée à quatorze ans. Le fils du fermier qui m'a achetée m'a libérée quand j'ai eu vingt ans. Mais qu'est-ce que je pouvais faire de ma liberté, sinon venir ici ?

Blade surprit l'accent de défi désespéré dans sa voix ; elle avait suffisamment ravalé sa fierté pour gagner sa vie en se prostituant, mais ne l'avait pas totalement perdue.

Il décida de rendre la soirée de la jeune Tribale lucrative et la sienne plaisante. Il passa une main sous la jupe et comme elle ne protestait pas, il s'enhardit. Tandis qu'il lui caressait l'intérieur de la cuisse, elle lui défit sa chemise et passa une main sur son torse nu.

— De vieilles cicatrices. Pas de la bataille dont on parle. D'où viennent-elles, Voros ?

— Je n'en sais rien. Je sais que j'ai été soldat

parce que je ne suis pas manchot dans une bataille. Mais je ne me rappelle pas où je me suis battu.

— Tu ne voudrais pas te faire voir au chercheur de vérité ?

— Je pourrais, bien sûr, dit Blade sans broncher. Mais si c'était quelque chose d'horrible qui m'a fait perdre la mémoire ? Si horrible que j'ai dû l'oublier pour ne pas devenir fou ?

— Oui, je comprends, murmura la fille. Si seulement je pouvais oublier la nuit où ils ont pris notre village…

Un gong résonna dans le fond de la salle.

— Remplissez les coupes, remplissez les coupes, les amis ! cria le tavernier. Buvez et rendez justice à Rokhana, l'unique, la belle, la merveilleuse, l'exquise Rokhana. Vous ne pouvez la voir nulle part ailleurs mais elle est ici tous les soirs, ici au *Repos du Défenseur !*

Il répéta plusieurs fois cette annonce sans cesser de taper sur le gong. Les filles de salle circulèrent avec des bouteilles et des pichets pour remplir tous les verres et les chopes, en esquivant les mains lestes des hommes seuls. Certains étaient venus accompagnés d'une camarade. Blade vit deux femmes soldats conduire leurs hommes au premier. Aux étages, il y avait une quarantaine de chambres, qui servaient parfois à dormir.

Le tavernier continua de frapper le gong à tour de bras jusqu'à ce que Blade ait une furieuse envie de lui faire avaler son bâton rembourré. Deux joueurs de tambourin et de trompette apparurent et s'assirent sous le gong. Le tambour se mit à battre son instrument en cadence et l'autre accorda son instrument. Du moins Blade supposa qu'il l'accordait ; ces cris de vache agonisante se ressemblaient tous.

Enfin l'orchestre fut prêt. Sur un signe du tavernier, les filles écartèrent plusieurs tables pour dégager un espace au milieu de la salle. Le trompette sonna, gardant si longtemps la même note qu'on avait l'impression qu'il étoufferait. Le rideau cachant la porte de l'escalier s'écarta brusquement et la fameuse Rokhana fit son entrée.

C'était une grande blonde sculpturale à la démarche à la fois gracieuse et érotique. Elle était tout en vert, la cape, le chapeau, la veste, la tunique, la longue jupe et même les bottes si molles et larges qu'on ne voyait pas comment elle allait danser avec.

A vrai dire, elle ne dansait pas. Elle se contentait d'onduler et de se tortiller en mesure, en restant sur place. Avec les autres femmes, le spectacle aurait été lassant. Avec Rokhana c'était follement excitant et promettait mieux encore.

Au bout d'une minute, elle défit les agrafes de sa cape et la fit glisser d'une épaule, puis de l'autre. Elle la rattrapa avant qu'elle tombe par terre, sans manquer une mesure puis, toujours en mesure, elle la jeta sur Ezarn endormi. Toute la salle éclata de rire.

Le chapeau suivit. Il passa si près de Blade qu'il l'aurait attrapé, s'il n'avait eu cette fille sur les genoux. Ensuite, Rokhana lança une jambe en l'air, puis l'autre, envoyant valser ses bottes derrière le comptoir. Elle réussit à lever la jambe sans montrer ce qu'il y avait sous sa jupe mais en révélant de longues cuisses élégantes. Les rires se transformèrent en encouragements paillards.

Maintenant, Rokhana pouvait danser. Soudain, sa veste vola vers Blade et recouvrit la fille. Cette fois, il y eut quelque chose d'obscène dans les rires et la fille jura dans sa langue tribale.

Quand Blade eut fini de la dégager, Rokhana déboutonnait lentement sa tunique. Cette lenteur n'avait guère d'objet puisqu'elle avait quelque chose dessous. Les cris et les applaudissements se déchaînèrent au point de couvrir la musique. Les musiciens forcèrent la note et le tumulte devint assourdissant.

Le torse de Rokhana parut se déplacer dans trois directions à la fois et soudain la blouse fut par terre. Dessous, elle portait une espèce de bain-de-soleil qui ne cachait en rien la forme de ses seins et ne restreignait pas ses mouvements. Pendant un instant, elle garda sa main aux longs doigts sur un sein puis elle se remit à onduler. Lentement, la jupe glissa sur ses hanches.

Elle s'en débarrassa d'un brusque coup de pied et pirouetta en short et soutien-gorge. Ses cheveux s'étaient dénoués et sa danse devint plus frénétique, tandis qu'elle secouait sa crinière dorée. Les boucles caressaient ses épaules piquetées de taches de rousseur et les mains de Blade le démangeaient d'en faire autant. Sur ses genoux, la Tribale s'agita et lui glissa une main entre les jambes. L'atmosphère de sexualité pure imprégnait tout le monde.

Six ou sept hommes se levèrent pour attraper la jupette de Rokhana quand elle la lança. On crut un instant qu'ils allaient se battre mais ils reculèrent tous. Ils devaient savoir qu'une bagarre mettrait fin au strip-tease. La musique devint encore plus tonitruante, les acclamations et les battements de mains plus forts. Plusieurs couples étaient maintenant dans des recoins sombres et ce qu'ils faisaient n'échappait à personne. Les yeux de Blade s'attardèrent un instant sur l'un d'eux, ce qui lui fit manquer le moment où Rokhana se dépouillait du soutien-gorge. Aux hurlements de loups montant autour de lui, il savait à quoi s'attendre en se retournant.

Les seins auraient été trop gros pour une femme plus petite ou aux épaules moins larges. Sur elle, ils étaient parfaits. Les grands mamelons étaient maintenant durs et dressés. Elle ondulait de telle façon que chaque sein avait l'air de bouger indépendamment, tandis que sa main se glissait avec une savante lenteur vers la braguette de son short ultra-court. Les cris commencèrent à faiblir parce que tout le monde avait maintenant la gorge sèche.

Un bouton, deux, trois. Rokhana se renversa en arrière avec souplesse et se baissa jusqu'à ce qu'elle soit couchée sur le dos. Là elle se tortilla comme si elle sentait un amant la pénétrer. Soudain, elle souleva son bassin et ses jambes. En même temps, elle tira le short à ses genoux. Comme si elle avait des ressorts dans les mollets, elle se remit debout, leva une jambe très haut et envoya voler le short. Tout le monde était trop pétrifié pour bouger, alors qu'elle s'immobilisait, entièrement nue au milieu de la salle. Les musiciens se turent. Jamais Blade n'avait entendu un silence aussi total dans une salle aussi bondée.

Il releva la tête et les yeux bleus de Rokhana plongèrent dans les siens. Elle fut parcourue d'un petit frisson, montant des chevilles. Ses seins frémirent. Puis elle s'avança vers Blade, subitement presque gauche, d'un pas hésitant comme si elle marchait sur des galets. La fière déesse de la luxure avait disparu, remplacée par une femme qui désirait ardemment le héros du jour et avait peur d'être repoussée.

Elle s'avança vers lui et se pencha en souriant. Il lui rendit son sourire. Elle lui posa une main sur l'épaule. Il caressa une hanche nue.

Sur ce, la jeune Tribale se retourna et expédia son poing dans le ventre de Rokhana.

Le coup surprit Rokhana en déséquilibre. Elle laissa échapper un « wouf » et recula en chancelant. Elle serait tombée si elle n'avait pas buté contre une jambe étendue et atterri sur des genoux. Le soldat rit et la prit par la taille. Elle jura, se retourna et le gifla. Avant qu'il revienne de sa surprise, elle avait bondi de nouveau vers Blade et la Tribale. Elle n'avait plus rien de vulnérable, du tout, mais une mine carrément meurtrière.

La petite Tribale glissa des genoux de Blade et s'apprêta à se défendre. Elle paraissait terrifiée de son audace mais résolue à mourir plutôt que d'implorer un pardon que Rokhana n'accorderait sans doute pas. Ce fut même elle qui attaqua la première.

Les deux femmes se battirent si farouchement qu'elles ne perdirent pas de temps en criant ou en se crêpant le chignon. La fille essaya de frapper encore une fois Rokhana dans le ventre. Rokhana visa d'un direct le torse de la fille ; le poing s'écrasa sur un sein. La Tribale gémit de douleur mais revint à la charge. Rokhana recula hors de portée et lui décocha un coup de pied à l'aine. La fille attrapa la cheville et toutes deux roulèrent sur le sol. La Tribale se retrouva sur Rokhana, ses cuisses musclées serrées autour de sa taille et les mains autour de sa gorge. Un rugissement bestial s'éleva quand la fille se mit à serrer. Blade chercha des yeux le tavernier, espérant le voir intervenir. Mais l'homme regardait fixement la bagarre, en s'humectant les lèvres.

Rokhana se défendait des pieds et des griffes. Ses ongles mirent en pièces le corsage de la fille et laissèrent des traînées sanglantes sur son dos mais sans lui faire lâcher prise. Regardant désespérément autour d'elle, Rokhana avisa un lourd pichet d'étain, juste à sa portée. Elle s'en empara et l'abattit sur le front de la fille, qui gémit mais tint bon. Les lèvres de Rokhana devenaient bleuâtres.

Elle trouva la force d'abattre encore une fois le pichet qui s'écrasa contre la tempe de la fille. Sous le choc, elle relâcha son étreinte et retomba d'un côté, nue jusqu'à la taille et presque autant au-dessous, pendant que Rokhana tentait de reprendre haleine.

La blonde s'était remise sur pied, titubante, sans s'occuper des mains qui se tendaient pour pincer ou palper sa peau ruisselante de sueur. Elle s'approcha de la jeune Tribale à demi inconsciente et lui lança un grand coup de pied dans le ventre. La foule hurla. Rokhana recommença, plus fort.

Blade se leva. Quoi que mérite la fille, il ne pouvait la laisser massacrer et encore moins encourager l'assassinat. Il se déplaça si vite qu'il fut derrière Rokhana avant qu'on le remarque. Elle levait de nouveau le pied quand il l'enlaça et la tira en arrière.

Elle se débattit un moment, jusqu'à ce que Blade attrape ses seins. Alors elle se figea et se retourna vers lui. Son regard faillit le faire reculer. Elle était tellement folle de rage et d'excitation qu'elle aurait été ravie qu'il la prenne là tout de suite, par terre devant tout le monde. Les hurlements obscènes de la foule révélaient que tous les hommes le comprenaient.

Blade la souleva et la porta vers la porte de l'escalier. Il la claqua derrière lui et monta vers la chambre libre la plus proche.

Le lit était étroit et bancal, la pièce sentait la bière aigre et la sueur, mais cela n'avait pas d'importance. Ni l'un ni l'autre ne pouvait attendre assez longtemps pour trouver mieux.

Dans l'obscurité, Rokhana s'étira et se pressa contre Blade. Il lui prit un sein dans une main et lui caressa les cheveux de l'autre. Elle ne réagit pas, comme avant. Au bout d'un moment, il murmura :

— Tu penses à la jeune Tribale ?

Elle sursauta.

— Est-ce que tu es un voyant de vérité, comme le Maître du Ciel Blade ?

— Non. Mais si je venais d'être à moitié étranglé par quelqu'un, je penserais à lui aussi.

— Oui. Au début, je voulais la faire juger. Ce serait la mort, pour elle.

— Elle est une femme libre.

— Son sang est celui des Tribus. La Loi peut être tournée pour ces gens-là. Et je sais comment persuader des juges, s'il le faut.

Elle plaça sa main sur Blade, à l'endroit approprié.

— Essaie de tourner ça et tu auras mes mains autour de ton cou !

— Je serais heureuse d'avoir tes mains sur moi n'importe où !

— Prouve-le.

Ce qu'elle fit, si consciencieusement qu'ils ne parlèrent plus d'un long moment.

— Tu disais que tu avais voulu la faire juger. Et maintenant ?

— Si son crâne n'est pas fracturé et si elle n'a pas les intestins en sang, ce n'est pas que je n'ai pas essayé. Elle perdra son emploi et aura du mal à en trouver un autre à Kaldak. Si elle doit retourner dans les fermes, je m'estimerai assez vengée.

— Tu es plutôt indulgente pour une fille qui a voulu te tuer.

— Elle n'aura pas une seconde chance, crois-moi. Pour le moment, je ferai ce que le Maître du Ciel Blade et sa compagne la Bienheureuse Kareena nous ont enseigné. Elle recherchait la paix avec les Doimarites, même après avoir tant souffert entre leurs mains. Ce n'était pas de sa faute s'ils n'entendaient pas la voix de la raison.

Blade ne se rappelait pas ce qu'il avait dit, quand il était Maître du Ciel, pour servir de base à cet « enseignement », mais il était content. Son influence avait servi, au bout de trente ans, à sauver d'une mort atroce une petite prostituée. C'était singulièrement satisfaisant.

Et puis Rokhana se remit en mouvement et il éprouva d'autres sortes de satisfactions. Elle s'allongea sur lui, traîna ses lèvres le long de son torse, de son ventre et les referma goulûment autour de sa verge. Il enfonça les mains dans ses cheveux pour la maintenir en position.

Le lendemain matin, Blade ne se présenta pas à l'Ecole des Officiers avec une gueule de bois mais avec un très sérieux manque de sommeil.

CHAPITRE XIII

— Garde à vous ! Fixe !

Blade claqua des talons. Autour de lui, cent cinquante hommes et femmes firent de même.

— Garde du Drapeau ! Avancez !

Blade fit trois pas en avant, puis un quart de tour à droite pour rejoindre les autres membres de l'escouade. Faire partie de la Garde du Drapeau était un honneur considérable, pour un élève officier. Il fallait avoir des états de service sans tache, de bonnes notes et être doué pour l'exercice en rangs serrés.

Du gravier crissa sous des bottes, sur sa gauche, alors que le groupe d'inspection passait en revue la compagnie. Blade devait garder les yeux rivés devant lui mais les inspecteurs passèrent assez lentement pour qu'il puisse les examiner.

Sidas était en tête, une écharpe en travers de son torse puissant, mais sans plus. Certains des Kaldakiens de haut rang se payaient des uniformes de fantaisie mais pas Sidas.

Il escortait la conseillère Geyrna. Elle devait

avoir quarante-cinq ans, maintenant, et ses cheveux roux grisonnaient. C'était encore une belle femme, avec les seins ronds et le sourire prompt de la jeune fille de quinze ans qui avait aimé le fils du chef. Blade se demanda ce qui s'était passé entre elle et Bairam, pour qu'elle divorce et reste à Kaldak alors qu'il était exilé. Il pensa qu'il avait dû la tromper un peu trop ostensiblement.

Geyrna avait sa propre suite, commandée par une brune spectaculaire. Elle mesurait près d'un mètre quatre-vingts et avait un corps splendide, mais une figure un peu trop longue et un nez trop fort pour une beauté classique. Elle avait un maintien de pur-sang.

Le groupe passa et le sergent instructeur aboya :

— Compagnie... Quart de tour, droite ! Garde du Drapeau ! En tête !

Tandis que la garde se mettait en position en tête de la compagnie, la fanfare attaqua et le sergent lança son dernier commandement :

— En avant, marche !

La compagnie défila. Blade marquait parfaitement le pas et l'angle de son fusil laser ne variait pas d'un millimètre. Il ne pouvait chasser la brune de son esprit. Il ne l'avait encore jamais vue dans cette dimension, c'était certain, et pourtant... Lui rappelait-elle une personne qu'il aurait connue ailleurs ? Peut-être... il y avait eu tant de femmes !

Après la revue, le commandant de l'école

annonça une demi-journée de congé inattendue. Blade prenait une douche en se demandant comment il occuperait ses loisirs quand un de ses camarades passa la tête à la porte.

— Hé, Voros ! Tu es libre ce soir ?

— Jusqu'à présent. Pourquoi ?

— Parce que le commandant Baliza invite quelques-uns d'entre nous à dîner dans ses quartiers.

— Baliza ?

— Le chef de l'état-major de la conseillère Geyrna. Tu as dû la remarquer !

Les mains du jeune homme esquissèrent des formes avantageuses.

— Oui, je vois, Kabo. A dîner, tu dis ?

Kabo cligna de l'œil.

— Ne va pas espérer de rentre-dedans, Voros. Elle est en acier, intégralement et de haut en bas. Garde tes bonbons pour une fille qui te les rendra quand elle aura fini.

Blade essaya de prendre un air innocent.

— Je ne ferai rien sans ordres.

— Bravo, dit Kabo en riant. Si la soirée se termine tôt, frappe à ma porte. Nous irons en ville au *Munfan Doré*. Paraît que les danseuses sont encore mieux que Rokhana.

— Ça, j'attends de le voir pour le croire !

Le dîner de Baliza commença assez froidement. Blade se faisait l'effet d'un petit garçon à un thé mondain, surveillé par une gouvernante particulièrement sévère. A voir les autres, il n'était pas le seul. Baliza trônait en haut de la table, la figure si inexpressive qu'on avait peine à la croire vivante. Elle portait des vêtements civils d'une coupe encore plus stricte que son uniforme et les cheveux serrés en chignon au sommet du crâne. Cela lui donnait un air chevalin. Heureusement, la cuisine et les vins étaient bons et Blade avait assez faim pour que cela compense l'atmosphère glaciale.

Au dessert, Baliza se détendit un peu et fit parler à tour de rôle les élèves officiers, demandant ce que chacun ou chacune avait fait avant de s'engager. Elle garda Blade pour la fin, ce qui permit à celui-ci de bien préparer ses mensonges sur sa perte de mémoire. Pourtant, il eut l'impression qu'elle était sceptique. Une impression vague, un peu comme ce sentiment d'avoir déjà vu Baliza ou quelqu'un comme elle.

Additionnés, les deux sentiments confus en formaient un beaucoup plus précis. Il voulait voir Baliza le moins possible, parce qu'il ne tenait pas à ce qu'elle l'examine trop. Il avait entendu dire que Geyrna avait plus de poids au Conseil des Neuf que tous les autres conseillers réunis. Dans ce cas, les soupçons d'une personne ayant l'oreille de Geyrna risquaient d'être plus dangereux pour lui que ceux du Haut Commandant Sidas.

Quand on se leva de table, Blade alla sur le balcon, pensant y passer le reste de la soirée hors de vue de Baliza. Et même si elle l'y rejoignait, il y faisait sombre. Les quartiers étaient au troisième étage et le balcon dominait un jardin sans lumière.

Blade remarquait que ce jardin fournirait un couvert excellent quand il entendit des pas derrière lui, rapides comme ceux de Baliza mais différents. Il se retourna. Dans la pénombre, il vit qu'elle avait remplacé ses bottes par des sandales souples et portait une jupe aux genoux et un corsage moulant laissant ses épaules nues. Blade ne put s'empêcher de regarder les beaux seins et les jambes nues bien tournées.

Baliza s'approcha de lui. Il ne fut pas tellement surpris de sentir qu'elle s'était parfumée.

— Ah, Commandant, dit Blade, pensant qu'il ne pouvait rester planter là en la laissant faire le premier pas. Si nous allions nous promener dans ce jardin ?

— Est-ce qu'il te rappelle ton pays ? demanda-t-elle en souriant.

— Il me rappelle un endroit où j'ai été. Quant à savoir si c'était chez moi ou non, je ne sais pas.

— Crois-tu que tu le sauras un jour ?

— Je l'ignore. Je sais que je suis très heureux où je suis maintenant. Assez pour ne pas perdre mon temps à m'inquiéter du passé.

Il espéra que cela la détournerait du sujet mais il fut déçu.

— Il se peut que tu sois assez heureux. Tu devrais l'être. Tu t'es bien conduit pour Kaldak et pour toi-même. Peut-être feras-tu encore mieux. Mais songes-tu à ceux que tu as pu laisser derrière toi, dans ces ténèbres où ta mémoire ne pénètre pas ?

Blade dissimula son malaise.

— Je ne crois pas qu'il y en ait.

— C'est toi qui le dis.

Il feignit l'indignation.

— J'espère que tu ne me traites pas de menteur, Commandant ! Même de toi, je ne le supporterais pas.

— Je ne te traite pas de menteur, murmura-t-elle en se rapprochant encore. Je crois que tu dis la vérité, telle que tu la connais. Mais de quoi peux-tu être sûr ?

— Ma foi...

Elle était maintenant si près qu'il aurait pu la prendre dans ses bras s'il l'avait voulu. Elle y était apparemment toute prête. Aux sens exacerbés de Blade, l'odeur du parfum et de l'excitation de la femme avait quelque chose d'enivrant.

— Peux-tu être certain qu'il n'y a pas de femme, d'enfants, abandonnés dans un lieu que tu as oublié, qui te pleurent ? Qui te croient mort ? Le peux-tu ?

Elle ponctua sa phrase en se collant contre lui. Elle avait défait son chignon et ses cheveux le caressèrent.

Blade céda à l'inévitable, en pensant que s'il l'épuisait en lui faisant l'amour, ça la détournerait de toutes ces questions alarmantes. Il glissa une main dans la ceinture de la jupe et sentit sous ses doigts la peau tiède des fesses. Elle ne portait rien dessous. Elle poussa un soupir de plaisir.

— Excuse-moi. Je demande de toi plus que tu ne peux donner, peut-être ? J'espère que non, tout de même, murmura-t-elle avec un petit rire puis elle reprit son sérieux. Simplement, je plains ceux que tu as pu abandonner. Ma mère a été tuée quand j'avais neuf ans. Je ne manquais de rien, puisque je suis la fille du Maître du Ciel Blade, mais...

Blade essaya de dire quelque chose mais ne put qu'émettre une espèce de coassement. Il retira vivement sa main.

La fille du Maître du Ciel ! Sa fille ! Mais alors...

— Ta mère était... ?

— Kareena, fille de Peython. Comme je disais, je ne manquais de rien. Mais ceux qui me donnaient tout le reste ne pouvaient me rendre ma mère et mon père était retourné au ciel, nous le savions. Alors je sais ce que c'est que d'être seule. Mais pas ce soir. Je... Voros ?

Jamais de sa vie, Blade ne s'était trouvé totalement sans voix. Il s'en était fallu de peu qu'il ne commette un inceste et sa pensée était moins lucide, sa langue moins agile. Comme il doutait de trouver une réponse cohérente, il se tut.

Ce fut une erreur. Baliza prit son silence pour la preuve qu'il était trop excité pour parler. Ce n'était pas entièrement faux. L'esprit de Blade enregistrait la révélation de l'identité de Baliza mais son corps réagissait encore à une femme désirable. Il avait l'impression qu'elle ne tarderait pas à le remarquer et alors là, tout serait fichu !

Il recula d'un pas. Nouvelle erreur. Elle éclata de rire.

— As-tu peur de perdre ton intérêt, Voros ? Eh bien, je vais voir si je peux le ranimer.

Avec une vitesse ahurissante, elle ôta son corsage. Ses seins aux pointes dures ne fléchissaient absolument pas ; ils auraient réveillé un mort... ou Richard Blade s'ils avaient appartenu à toute autre femme de cette dimension. Il recula encore d'un pas.

Baliza avança de deux et se colla contre lui. En même temps, elle saisit une main de Blade et la plaça sur son sein. Involontairement, il remua les doigts. Elle rit de nouveau en sentant son érection contre elle.

— Allons, tu n'as pas perdu tout intérêt. Moi non plus.

Elle se pressa plus fort, au point qu'il sentit les bouts dressés à travers sa chemise. Elle lui jeta un bras autour du cou et, de l'autre main, tâtonna sur l'agrafe de sa jupe.

Dans un instant, elle serait entièrement nue et, pour Blade, cette pensée mit fin à la question.

Si les enjeux avaient été plus élevés, il se serait peut-être laissé faire. Si en commettant un inceste il avait sauvé des vies ou le secret de la Dimension X, il n'aurait sans doute guère hésité. La conscience de Blade n'était pas si chatouilleuse, surtout quand la fille en question était une femme adulte, manifestement pas vierge, et ignorait qui était celui qu'elle séduisait avec un art consommé.

Cependant, dans la situation présente, il n'y avait pas grand-chose en jeu alors les scrupules prirent le dessus. Il sauta en arrière, mettant plus d'un mètre entre Baliza et lui. Alors que la jupe glissait, il posa les deux mains sur la balustrade. Elle s'avança, entièrement nue, et il sauta dans le jardin.

Sous le balcon des buissons amortirent sa chute. Ils absorbèrent aussi le pot de fleurs que Baliza lui lança. Ils ne purent étouffer les jurons et les injures qu'elle lui glapit.

Ses insultes le suivirent alors qu'il courait dans le jardin. Il faillit tomber sur deux de ses camarades du dîner, enlacés et mettant activement à profit un clair de lune et un jardin clos. Arrivé au mur, il ne perdit pas de temps à chercher le portail.

Cinq minutes après avoir repoussé Baliza, Blade était dans une petite rue et retournait à la caserne. Il se retenait de courir pour ne pas attirer l'attention. Et puis il avait besoin d'un peu de temps pour réfléchir à ce qu'il allait faire. Le plus simple serait de continuer sur sa lancée, de quitter Kaldak et d'aller se cacher dans les forêts jusqu'à ce que l'ordinateur le ramène dans la Dimension Normale. A part sa répugnance innée à fuir les ennuis, Blade jugea que ce serait trop radical pour le moment.

Une fois sa colère passée, Baliza pourrait être embarrassée par l'incident de la soirée, trop gênée pour se venger. Elle devait peut-être en partie son rang à sa qualité de fille du Maître du Ciel mais elle n'était pas complètement idiote ! Si elle se taisait, il ne risquerait rien. Mais s'il disparaissait, peu importerait ce que Baliza dirait. Les soupçons seraient éveillés, la chasse à l'homme décrétée et il se retrouverait en situation précaire, pour dire le moins. Et le secret de la Dimension X ne vaudrait pas mieux.

La meilleure solution était donc de retourner à la caserne comme si de rien n'était. Baliza ne pouvait guère agir cette nuit. Et si elle s'y décidait le lendemain, c'était à la caserne et par ses camarades qu'il aurait le plus de chances d'en être averti. Il aurait aussi des armes et des vivres sous la main s'il devait fuir.

Blade retourna à la caserne et y arriva juste au moment où Kabo partait pour sa virée. Incapable de trouver un meilleur moyen de tout faire paraître normal, il se laissa persuader d'accompagner la bande.

Il ne sut jamais si les danseuses du *Munfan Doré* étaient meilleures que Rokhana. Il n'avait pas suffisamment retrouvé son calme pour prêter attention à la première ; la deuxième était nettement moins bonne que Rokhana mais après son numéro elle vint s'asseoir sur les genoux de Blade. Une chose en amenant une autre, il manqua tous les autres numéros et rentra finalement à la caserne au petit jour.

CHAPITRE XIV

La journée de Blade se déroulait si normalement qu'il commençait à penser qu'il avait vu juste. Baliza voulait balayer sous le tapis tout l'épisode de la soirée. C'était ce qu'il aurait fait à sa place.

Il revenait du polygone de tir quand Kabo l'aborda, l'air soucieux.

— Voros, le commandant de l'école veut te voir dans ses quartiers.

— Tu sais ce qu'il veut ?

Kabo parut encore plus malheureux.

— Oui, mais... Ma foi, pardonne-moi si je te dis que je n'ai pas envie de me faire coincer les bijoux de famille dans l'engrenage avec les tiens.

Blade sourit largement.

— Si c'est au sujet de ce que j'ai fait la nuit dernière, ou plutôt de ce que je n'ai pas fait, je te comprends ! T'en fais pas. La hache est encore loin de ma tête. Ça ne devrait pas être trop difficile d'y échapper.

Kabo fit un geste pour conjurer le mauvais sort.

— J'espère que tu ne te trompes pas.

Blade l'espérait aussi. Il n'était pas aussi optimiste qu'il le prétendait. Si Baliza faisait des histoires, il aurait besoin d'un pied très leste et d'une langue extrêmement agile !

Le commandant de l'école était assis derrière son bureau, en treillis poussiéreux et l'air furieux. Blade salua.

— Bonsoir, Commandant.

— Qu'est-ce qu'il y a de bon ? Hein ? Non, rien. Tu as vraiment mis le pied dedans ! Maintenant dis-moi comment tu vas l'en sortir ?

L'explication fut brève et précise. Baliza l'accusait de tentative de viol. Il avait fui quand elle avait menacé de crier mais...

— Qu'est-ce que tu dis, Voros ?

— Rien.

Ou plutôt, rien de publiable.

Le commandant reprit ses explications. Un viol était passible de chercheur de vérité et de réclusion. La tentative de viol permettait le choix entre le chercheur de vérité et la prison.

— Si j'étais à ta place, je prendrais le chercheur de vérité. Je ne veux pas traiter Baliza de menteuse mais j'aimerais bien connaître aussi ta version. Et puis il serait possible de faire passer Baliza aussi au chercheur de vérité. Difficile, elle est la fille du Maître du Ciel, et même si elle a pris le parti de Bairam quand il a été chassé du conseil, Geyrna lui a pardonné, alors personne n'ose la contredire, même quand on ne l'aime pas. Des tas de gens ne l'aiment pas, cependant, et si ta version ne confirme pas la sienne...

Le commandant continua de monologuer et de se répéter, fort probablement pour surmonter sa propre nervosité. Pendant ce temps, Blade réfléchissait. Il avait donc le choix ; il pouvait promettre de passer sous le chercheur de vérité et y passer dans deux ou trois jours ou il pouvait aller en prison et y attendre son procès. Dans le deuxième cas, il ne quitterait pas Kaldak sans s'évader de prison. Cela attirerait l'attention. De plus, il risquait de se retrouver quand même sous le chercheur de vérité, ce qu'il fallait éviter à tout prix.

Finalement, le secret de la Dimension X avait bel et bien été en jeu la veille, sans qu'il s'en doute.

Prêter serment de passer au chercheur de vérité et puis s'enfuir, c'était la seule solution.

Mais fuir où ?

Il serait relativement en sécurité dans les forêts qui couvraient encore une grande partie de la dimension. Inconfortable mais en sécurité. Il serait plus confortable mais plutôt moins à l'abri chez les Tribus, qui étaient d'ailleurs très loin. Il en allait de même pour le Moniteur Bekror et son territoire. Le Moniteur avait l'esprit indépendant et n'aimait guère Kaldak, mais de là à abriter un fugitif accusé de viol par la fille du Maître du Ciel !

Restait Doimar. La frontière n'était pas loin

et n'était pas tellement patrouillée, du moins du côté kaldakien. S'il se faisait passer pour un transfuge, un déserteur de Kaldak, il pourrait apprendre quelques-uns des secrets de Doimar.

A Doimar, il serait hors d'atteinte de Baliza et des chercheurs de vérité. La ville rivale ne possédait pas ces appareils. Le bruit courait qu'ils avaient des télépathes, mais ce n'était qu'une rumeur et Blade acceptait de tenter sa chance avec eux. Il avait résisté à la télépathie du Magicien de Rentoro, dont l'esprit avait été assez puissant pour le transporter de son Italie de la Renaissance dans la Dimension X.

Blade s'aperçut que le commandant s'était tu et le regardait d'un air interrogatif.

— Eh bien ?

— Pardon... Je passerai au chercheur de vérité.

— Et tu me donnes ta parole d'honneur de ne pas quitter Kaldak avant ?

— Oui, Commandant, affirma Blade qui avait débité de plus gros mensonges pour protéger de plus petits secrets.

— Très bien. Tu peux aller. Et bonne chance.

— Merci, Commandant.

Peu après minuit, Blade quitta Kaldak. Huit jours plus tard il franchissait la frontière de Doimar.

Une semaine après, il était en prison dans un laboratoire de recherches, loin de la ville, attendant de servir de sujet d'expériences.

CHAPITRE XV

Blade regardait le mur et s'efforçait de ne pas entendre les gémissements de la femme qui agonisait dans un coin de la cellule.

Il contemplait les fissures. C'était un des moments où elles prenaient la forme d'un lapin gigantesque avec un seul œil énorme entre les oreilles. Si Blade se concentrait assez sur ce lapin, il avait l'impression qu'il allait lui dire quelque chose.

S'il avait pensé qu'il pourrait lui dire comment sortir de là, il l'aurait écouté. D'ailleurs, le lapin n'avait toujours rien dit. Blade en avait plus appris par les gardiens maussades et même par la femme, bien qu'elle ait été à demi folle de douleur et de fièvre quand on l'avait jetée dans la cellule avec lui.

Au bout d'un moment, il alla s'asseoir par terre à côté de sa paillasse trempée et l'épongea. Elle avait l'air d'une victime des camps de la mort avec son corps décharné couvert de pustules et de plaies purulentes, causées par la maladie qu'on lui avait inoculée.

Quand il eut fini de l'éponger, il jeta le

chiffon puant dans le seau à déchets et approcha un bol d'eau des lèvres de la mourante. Elle en avala, par réflexe, et saisit dans ses deux mains celle de Blade. Elle avait encore la force de serrer à faire mal. Il posa le bol et la laissa tenir sa main jusqu'à ce qu'un nouvel accès de fièvre la terrasse.

Enfin elle se tourna sur le côté en gémissant tout bas et s'endormit. Blade resta assis en tailleur à côté de la paillasse, en serrant les dents. Il ne connaissait pas le nom de cette femme, il ne savait pas d'où elle venait ni pourquoi elle était là. Peut-être était-ce une criminelle. Il savait en tout cas que s'il devait rester encore longtemps à la regarder mourir à petit feu, il deviendrait fou. Il commencerait par mettre les gardiens en pièces avec ses mains nues et les tuerait jusqu'à ce qu'il soit tué lui-même.

Blade savait maintenant que les Doimarites se préparaient à bombarder Kaldak avec des missiles balistiques à ogives chargées de microbes mortels et peut-être d'autres choses aussi, gaz anervant, armes nucléaires, poussière radioactive. Mais les bactéries, c'était sûr.

Les Doimarites n'auraient pas été contents du tout d'apprendre avec quelle facilité Blade avait percé leur secret. La nuit où on l'avait amené dans le complexe de recherche, il avait aperçu à l'horizon une rampe de lancement. Impossible de se tromper non plus au bruit de grandes fusées, tirées à plusieurs reprises. Cela expliquait la base doimarite chez les Tribus. C'était une station d'essais de tir pour les missiles, d'où les cratères qui l'entouraient. Et puis un jour, les gardiens qui avaient amené la femme se demandèrent tout haut si elle contaminerait le prisonnier.

— Probable, dit l'un. Qu'est-ce que ça fait ?

— Paraît qu'ils sont prêts avec la culture S, alors ils n'ont peut-être pas besoin d'autres expériences.

— Ça se peut. Mais celui-là, il a l'air d'un guerrier. Et s'ils voulaient savoir combien de temps il se servira d'une arme, avec de la culture S dans le corps ? C'est un truc qui pourrait signifier ton cul et le mien, quand le Jour viendra.

— Ouais, bon, mais on fera bien de gueuler dès qu'il aura des pustules.

— T'en fais pas, il gueulera assez fort, lui. T'as jamais entendu quelqu'un en premier stade ?

— Non.

— Eh bien tu ne voudrais pas !

Blade se rappelait cette conversation en allant se coucher sur sa paillasse. Il commençait à penser que la fin de ce séjour dans la Dimension X allait être aussi confus et exaspérant que le début. Et il risquait de finir lui-même avec.

Blade fut réveillé par la porte de la cellule s'ouvrant bruyamment. Quatre gardiens entrèrent, pistolet au poing. Ce n'était pas des lasers mais de lourds revolvers aussi puissants qu'un Magnum de la Dimension Normale, capables de mettre un homme hors de combat même s'il n'était pas touché dans un organe vital.

— Debout ! ordonna un des hommes.

Blade se releva vivement, en prenant un air effrayé et soumis, pour que les gardiens se méfient moins. Un autre alla se pencher sur la mourante et secoua la tête.

— Passera pas la journée, décréta-t-il et, levant son revolver, il lui colla une balle dans la tête.

C'était au moins une mort plus miséricordieuse que d'être laissée seule à son dernier délire.

Les quatre gardiens formèrent le carré autour de Blade et le poussèrent dans le couloir aux murs blanchis à la chaux, vers un ascenseur. Ils montèrent sur trois ou quatre étages et sortirent dans un autre couloir, brillamment illuminé celui-là et bourdonnant d'activité derrière des portes de métal poli. Il rappela à Blade le couloir du Complexe Un du Projet.

Au bout du corridor, une porte s'ouvrait sur une terrasse. Au-delà de la balustrade de fer, c'était un précipice de plus de cent mètres, une falaise plongeant à pic dans la plaine où se trouvait la station de missiles. Blade reconnut le lance-fusées, distingua des ateliers de montage, des stations radar, des entrepôts ainsi que des constructions trapues qui pouvaient être des blockhaus ou des citernes. Il vit aussi des robots de construction au travail autour de silos à missiles.

Au grand jour, il était facile de constater que ce n'était pas simplement un centre de recherche mais la base principale de Doimar. Quand le « Jour » viendrait, les ogives à bacilles seraient lancées de ces silos.

Les gardiens poussèrent Blade le long de la terrasse vers une porte, tout au bout. A ce moment, il crut entendre quelqu'un l'appeler par son nom mais le son était si lointain, si ténu qu'il n'était pas certain de l'avoir réellement perçu. Et puis qui l'appellerait, par ici ? Personne. Il se dit qu'il entendait des voix mais comme ils arrivaient à la porte, l'appel reprit.

Cette fois, Blade fut certain d'avoir entendu, mais pas tout haut. Dans son esprit.

Qui, dans cette dimension, pouvait l'appeler mentalement, même en connaissant son nom ?

Culotté ?

« Culotté ! »

Il pensa fortement le nom, le répéta tout en projetant une image du petit singe à plumes. Deux des gardiens le regardèrent avec méfiance pendant que les deux autres essayaient d'ouvrir la porte.

Soudain, un fracas infernal se déchaîna au-dessus, suivi d'une explosion. Des éclats de verre tombèrent sur la terrasse, un nuage de fumée jaillit d'une fenêtre taillée dans la falaise deux étages plus haut et puis une petite silhouette en sauta.

Même de loin, Blade reconnut Culotté. Il retint sa respiration tandis que le singe emplumé roulait sur les rochers. Même Culotté risquait de ne pas trouver de point d'appui ! Mais ses doigts et ses orteils étaient toujours aussi habiles. Il arrêta sa chute et s'agrippa fermement pour descendre comme une mouche vers la terrasse.

Un des gardiens suivit le regard de Blade et vit le petit singe. Il leva son pistolet et le visa. Pour cela, il lui fallut tourner le dos à Blade mais il devait être tranquille à l'idée que les trois autres suffiraient pour tenir le prisonnier en respect.

Ce fut sa dernière erreur. Alors que son index se crispait sur la détente, Blade le saisit d'une main par les cheveux et abattit le tranchant de l'autre en travers de sa gorge. Le gardien mourut et Blade cueillit le pistolet de sa main inerte. Puis il s'adossa au mur et menaça les trois autres.

Deux secondes plus tard, Culotté se laissa tomber sur son épaule en poussant de petits *yip-yip* de joie. Ses pensées étaient dans un tel chaos que Blade ne chercha même pas à les démêler.

Il n'essaya pas non plus de comprendre ce miracle du retour de Culotté. Il lui suffisait de l'avoir retrouvé.

Avec un camarade à venger, les trois gardiens

n'entendaient pas lâcher leurs armes. D'un autre côté, ils n'étaient pas assez fous pour dégainer alors que Blade leur braquait un revolver dessus. Mais dès l'instant où il clignerait des yeux, ils en profiteraient. Et comment ne pas cligner des paupières ?

Blade eut alors une idée. Il remplit son esprit d'une image de Culotté faisant le tour des trois gardiens pour les désarmer. Il garda l'image fixe, jusqu'à ce qu'il sente que le singe à plumes la captait, y réfléchissait et se calmait.

Enfin Culotté émit un petit *yip,* sauta par terre et s'approcha du premier gardien.

— Donne-lui ton pistolet, ordonna Blade.

Le gardien le regarda, bouche bée, puis Culotté, comme s'il se demandait qui était fou.

— Je compte jusqu'à quatre. Un, deux...

A trois, le gardien jugea que l'obéissance était son unique chance de rester en vie jusqu'à ce qu'il comprenne ce qui se passait. Il laissa tomber son pistolet et Culotté le ramassa. Les deux autres gardiens l'imitèrent et le singe revint vers Blade, un pistolet dans chaque main et traînant le troisième avec sa queue.

Tout danger immédiat était écarté pour le moment.

Une épaisse fumée grasse continuait à sortir de la fenêtre brisée. Blade se demanda ce que Culotté avait fait pour s'échapper. En réponse, il reçut une image : Culotté courant autour d'un laboratoire, renversant et bouleversant tout jusqu'à ce que des produits chimiques finissent par se répandre sur des fils électriques. L'image montrait aussi des gens en blouse blanche qui couraient en hurlant, les cheveux et les vêtements en feu. Culotté avait l'air de s'en réjouir.

Blade remarqua alors que le malheureux singe était si maigre qu'on voyait ses côtes. Des plumes avaient été brûlées, d'autres arrachées. Il avait été traité comme un animal de laboratoire, et sans ménagements ! Les Chercheurs de Doimar n'avaient donc que ce qu'ils méritaient.

Les gardiens donnèrent des signes de nervosité à mesure que le tumulte, au-dessus allait crescendo. Ils paraissaient sur le point de se jeter sur Blade quand la porte s'ouvrit brusquement. Un homme en blouse blanche maculée de suie et une jeune femme sortirent en trombe. L'homme aperçut Culotté sur l'épaule de Blade et jura.

— Qu'est-ce que tu fais avec ce petit monstre ? gronda-t-il. Rends-le tout de suite ou...

Blade montra au savant le canon de son pistolet.

— D'abord, dis-moi où tu l'as trouvé et ce que tu...

— Qui es-tu pour me poser des questions, à moi ? tonna le savant sans se soucier du revolver.

— Eshorn, ne fais pas l'idiot, implora la jeune femme. Petit Bleu était peut-être à cet homme. Il pourrait dire...

Le savant n'écouta rien et plongea une main dans sa poche. Blade ne pouvait attendre de savoir ce qui allait en sortir. Il logea une balle dans la poitrine de l'homme et une autre quand il tarda à s'écrouler. La seconde balle le projeta contre la balustrade. Il tomba assis tandis que sa blouse devenait rouge. Un petit laser glissa de sa poche.

Blade ramassa un second revolver puisqu'il ne pouvait recharger celui qu'il avait. La jeune femme avait l'air égaré.

— Je regrette de l'avoir tué, dit calmement Blade, mais il n'aurait pas dû chercher à me braquer. Maintenant, va dire à la personne responsable que je veux lui parler. Cet animal était bien à moi. Je l'ai perdu il y a longtemps et je pensais ne jamais le retrouver. Si vous nous laissez partir librement tous les deux, vous apprendrez peut-être quelque chose d'utile. Allez ! Va, va ! Tu piqueras ta crise de nerfs plus tard !

La fille rentra en courant dans les laboratoires, sans refermer la porte. Blade attendit. Il espérait qu'elle trouverait un responsable avant qu'un imbécile ait l'idée de le descendre avec un fusil-laser. Il changea de position, de manière à couvrir les gardiens tout en regardant autour de lui mais il savait que cette précaution ne servirait pas à grand-chose. Un fusil-laser ou même à poudre aurait une bien plus longue portée que ses revolvers.

Au lieu d'un crépitement de laser, il entendit bientôt le bourdonnement aigu des hélices d'un appareil antigravité. Une ombre passa sur la terrasse et une voix désincarnée l'interpella.

— Commandant Voros ! Tu as demandé un responsable. C'est moi. Pose tes armes et tu as ma parole de Chercheur qu'on ne te fera pas de mal.

— Dis à ces gardiens de s'éloigner au bout de la terrasse ! cria Blade. Je n'ai pas confiance en eux.

Il ne se fiait pas non plus à cette voix mais qu'y faire ?

— Et qu'on ne fasse pas de mal non plus à Petit Bleu !

Culotté *yippa* son approbation.

— D'accord. Ecartez-vous, imbéciles !

Au son de la voix, les gardiens sursautèrent et bondirent comme si Blade leur avait tiré dessus. Ils coururent au bout de la terrasse alors que le petit appareil descendait. Un laser était monté à l'avant et il y avait un pilote et un passager dans la cabine. Le passager ouvrit la porte et sauta sans attendre que l'appareil se pose.

Il atterrit sur ses pieds avec une souplesse de chat. Blade trouva qu'il avait moins l'allure d'un Chercheur que d'un soldat assez sinistre. Il portait une combinaison, des bottes et un casque noirs. La seule touche de couleur était la crosse en plastique rouge d'un pistolet-laser dans un étui sous l'aisselle. Ses cheveux et ses yeux étaient également noirs.

— Je suis Detcharn, Premier Chercheur et *Du-Shro* de Doimar, annonça-t-il.

Cela signifiait qu'il était non seulement le directeur de la recherche scientifique mais quelque chose comme le chef d'état-major des forces armées. Un responsable, en effet !

— Je suis honoré, murmura Blade.

— Cela reste à voir. Explique-toi !

Blade obéit, en insistant sur le lien entre Culotté et lui, en affirmant que sans sa collaboration on ne pourrait rien apprendre du singe emplumé. Il ne chercha pas à savoir comment Culotté s'était retrouvé à Doimar. Ce n'était pas le moment. Quand il se tut, Detcharn haussa ses gros sourcils noirs.

— Pourquoi penses-tu que nous voulons apprendre quelque chose de cette bestiole, qui vaille de te rendre la liberté ?

— Ne bluffe pas, Detcharn ! Tu sais qu'il est télépathe. Autrement pourquoi auriez-vous perdu tout ce temps à l'étudier ?

— C'est possible. Mais nous pourrions avoir besoin d'un télépathe pour t'étudier, *toi*.

Blade n'hésita pas.

— Eh bien, va en chercher un. Je n'ai rien de mieux à faire pour le moment et tu ne peux aller nulle part.

— Ce n'est guère habile de me garder en otage, répliqua Detcharn avec un sourire ironique. Mais à ta place, je ne serais pas diplomate non plus. Très bien.

Detcharn parla brièvement dans une petite radio fixée à son poignet et l'appareil antigravité reprit de l'altitude.

Une fois de plus, Blade attendit. Il jouait le tout pour le tout en espérant qu'un télépathe doimarite prouverait le lien entre Culotté et lui sans révéler son identité. Mais il n'avait pas grand-chose à perdre. L'autre choix était d'accepter une mort certaine et fort probablement déplaisante ; tandis qu'ainsi il avait au moins l'espoir d'emporter avec lui un des chefs les plus précieux de Doimar.

Le télépathe ne devait pas être loin car l'appareil antigravité revint en moins de vingt minutes. Elles parurent quand même longues à Blade. Cette fois, l'engin se posa sur la terrasse. Une mince jeune femme brune en descendit. Elle avait d'immenses yeux gris dans un visage pâle et portait une longue tunique bleue. Son aspect était singulièrement virginal, presque surnaturel.

— Examine-le, ordonna Detcharn.

L'appareil repartit et le vent de son hélice fit voler comme un drapeau les cheveux de la jeune femme. Elle les remit en ordre, s'approcha de Blade et se concentra, en lui posant une main sur la poitrine et l'autre sur le front.

Blade eut tout juste le temps de former une image mentale de Culotté et lui à Kaldak. C'était une image statique et il eut peur que la télépathe détecte la tromperie.

Il réprima vigoureusement toute inquiétude. La moindre émotion insolite risquait de le trahir. Culotté, lui, était très sensible aux émotions de son maître et cette femme pouvait l'être aussi.

Heureusement, il n'avait pas besoin d'avertir Culotté de ne coopérer avec personne à Doimar. Après les mauvais traitements qu'il avait subis et sa vengeance, le petit singe se laisserait déplumer entièrement plutôt que d'aider les Doimarites ou de trahir l'ami enfin retrouvé.

Les pulsions mentales que Blade captait étaient si faibles et tâtonnantes que par moments il n'était même pas sûr de les sentir. Elles durèrent un bon moment et il vit perler de la sueur sur le front de la jeune femme. Il espéra qu'elle ne s'évanouirait pas. Detcharn ferait simplement venir un autre télépathe, peut-être plus puissant ou averti. Il risquait aussi d'avoir recours à des méthodes de question plus physiques.

La jeune femme se mit à vibrer comme une corde de harpe. Elle ferma les yeux, recula et se cramponna des deux mains à la balustrade. Enfin, elle se retourna vers Detcharn.

— Il dit la vérité sur lui et ce... Il l'appelle Culotté. Pour Voros, Culotté n'est pas un animal. Et ils communiquent vraiment par la pensée, d'une manière que je n'ai jamais vue.

— Une manière qui vaut la peine d'être étudiée ?

— Certainement, si toute forme de communication mentale vaut d'être étudiée. Je croyais que nous en avions déjà décidé. De plus, nous l'étudierons beaucoup mieux quand Culotté sera remis de ce qu'il a souffert ici.

Si ses yeux avaient été des lasers, le regard qu'elle tourna vers la porte du laboratoire l'aurait fondue. Detcharn haussa les épaules.

— Eshorn a déjà payé, marmonna-t-il. Quant à ces imbéciles...

Il se tourna vers les gardiens, dégaina son laser et tira dans le ventre du premier. Les deux autres restèrent paralysés tandis que leur camarade se mettait à hurler. L'un d'eux recula comme s'il voulait se fondre dans la paroi rocheuse et disparaître. L'autre se rua sur Detcharn. L'homme en noir posa son laser et attendit l'assaut, avec une expression horriblement lubrique. Blade était démangé de l'envie d'empoigner Detcharn pour le faire basculer dans le précipice.

Ce ne fut pas un combat mais le jeu d'un chat avec une souris. Detcharn taquina le gardien pendant deux minutes, se laissa même frapper une ou deux fois. Puis, d'un mouvement rapide, il lui fractura le bras gauche, le frappa en travers de la gorge et le hissa par-dessus la balustrade. L'homme tomba sans cesser de hurler, jusqu'à ce qu'il s'écrase dans un nuage de poussière.

Le dernier gardien n'attendit pas de savoir ce que Detcharn lui réservait. Il enjamba de lui-même la balustrade et plongea en silence dans le précipice.

Detcharn s'essuya les mains sur les vêtements

du premier gardien encore vivant. Blade, la télépathe et Culotté l'observèrent. La queue de Culotté était enroulée autour de son corps. Blade lui gratta la tête pour le calmer, bien qu'il soit loin d'être détendu lui-même.

La télépathe s'approcha du gardien agonisant et lui posa les mains sur le front. Au bout d'un moment, il ferma les yeux et cessa de gémir. Blade se demanda si elle avait simplement apaisé la douleur ou l'avait fait mourir par sa seule volonté.

— Est-ce que c'était vraiment nécessaire, même pour toi, Detcharn ? demanda-t-elle d'une voix sourde.

— Oui ! Toujours ! Ce sera toujours nécessaire, avec des imbéciles qui se mettent en travers de ce que je dois faire ! Aurais-tu oublié ton vœu de laver notre sang et de venger notre grande défaite ? Dans ce cas, tu devrais me craindre, Moshra !

— Il y a longtemps que je ne te crains plus, Detcharn, répliqua-t-elle. Et mon désir de prouver la valeur de notre sang est aussi vif que le tien. Est-ce que ça veut dire que je n'ai pas le droit d'avoir une opinion sur la meilleure manière de le prouver ? Si c'est ce que tu crois, tu es le seul !

Detcharn hésita un instant avant de marmonner :

— Bon, ça va, petite sœur. Je serai moins emporté avec les gardiens et autres hommes armés. Je ne peux pas garder mon dos contre tous et avec le Jour si proche... Alors tout le monde saura que le sang du Maître du Ciel Blade a finalement donné la victoire à Doimar !

Les yeux de Blade allèrent vivement de l'un à l'autre. Il y avait un air de famille, oui. Et, maintenant qu'il y regardait de plus près, tous deux avaient autre chose en commun...

— Le Maître du Ciel Blade ? dit-il en se maîtrisant avec soin, en espérant aussi que Moshra ne pouvait lire sa pensée sans le toucher.

— Oui. C'était notre père. Le nôtre et celui de quatre autres enfants, répliqua Detcharn. Les Kaldakiens croient avoir eu le meilleur de Blade parce qu'il nous a trahis. Mais ils seront détrompés, quand un fils de leur précieux Maître du Ciel les écrasera. Ah oui, ils l'apprendront, et bientôt !

L'expression lubrique était revenue. Moshra se détourna et contempla la plaine. Blade s'approcha d'elle. Cette dimension lui réservait de singulières réunions de famille ! D'abord Baliza et sa tentative de séduction, et maintenant Moshra avec sa télépathie et Detcharn avec son désir insensé de prouver que le sang de leur père ne l'avait pas souillé !

Blade crispa les mains sur la balustrade. De nouveau, il avait une furieuse envie de tuer Detcharn. Il était pris de nausée à l'idée que ce fou sanguinaire était son fils !

« Mon fils, pensa-t-il. Qu'ai-je donc déchaîné sur cette dimension en servant d'étalon aux femmes de Doimar la première fois que je suis venu ? Et que puis-je faire pour y remédier ? »

En posant le problème à résoudre, il se calma et retrouva toute sa lucidité. Quand Detcharn lui parla, il put même répondre normalement. Du moins, Detcharn ne remarqua rien d'insolite et Moshra leur tournait encore le dos.

CHAPITRE XVI

Blade comprit rapidement que la base des missiles était la clef, pour déjouer les plans de Detcharn et mettre fin à toute menace immédiate contre Kaldak. Detcharn était si fier de ses missiles qu'il n'avait pas cherché d'autre moyen de semer les bacilles. Si les silos étaient détruits et Kaldak averti du risque, il n'y aurait pas de guerre rapide se terminant par une victoire facile pour Doimar. Blade avait bon espoir que Detcharn ne pourrait persuader les Doimarites de le suivre pour une guerre prolongée. Il avait tout d'un homme qui se fait des ennemis prompts à profiter de sa première défaite pour l'éliminer une fois pour toutes.

Blade aurait voulu en être sûr mais il apprit vite qu'il n'allait pas le savoir, pas plus que bien d'autres choses sur le nouveau Doimar. Il n'était plus un prisonnier mais pas tout à fait un invité. On le laissait rarement sortir du centre de recherche et ni les gardiens ni les Chercheurs ne répondaient à ses questions.

Detcharn parlait beaucoup, mais sans rien

dire d'utile. Il se vantait surtout de ses exploits passés et de ses projets d'avenir. Il semblait nourrir l'ambition de régner non seulement sur Doimar mais sur toute la dimension, en dictateur, après la chute de Kaldak. L'idée ne le gênait pas qu'il pourrait bien régner sur un empire de cadavres.

Une fois, il disparut pendant plusieurs jours et, à son retour, il invita Blade à une projection privée de quelques films. Ils montraient un raid sur un village tribal. Blade regarda avec écœurement l'impitoyable boucherie et avec intérêt les gros plans des Tribaux. Beaucoup avaient de longues oreilles pointues et velues, comme le jeune chef qu'il avait aidé à fuir la station de tir doimarite.

Detcharn était si fier de ce raid et du nombre d'hommes qu'il avait tués de sa main que Blade parvint à le faire parler plus que d'habitude.

— Je ne voudrais pas parler comme Moshra, mais ce raid était-il nécessaire ? Tu t'en es tiré légèrement, mais est-ce qu'ils ne vont pas t'attendre la prochaine fois ?

Detcharn haussa les épaules.

— Nos soldats savent que la mort est un risque du métier. Mais je ne prépare pas d'autre raid pour bientôt. Il n'y en aura peut-être pas d'autre, si le Jour vient assez tôt. C'était la Tribu qui s'est enfuie de notre base d'essais et qui l'a laissé tomber entre les mains des Kaldakiens. Il fallait la punir.

Ainsi, pensa Blade, c'était bien celle du jeune

chef. Intéressant, et peut-être utile car maintenant ces Tribaux n'avaient aucune raison d'aimer Doimar. Si Detcharn n'avait pas tué tant de guerriers qu'ils seraient maintenant impuissants...

— Les tuer ne te rendra pas ta base, dit-il. Et ça risque de pousser les Tribus à attaquer ta nouvelle position, où que tu l'installes.

— Oh, elle est opérationnelle depuis déjà un moment. Je t'y enverrai dans quelques jours et tu verras. Mais tu as raison, nous devons patrouiller plus attentivement dans le secteur. Encore que les Tribus passent trop de temps à se battre entre elles pour s'unir contre nous ou Kaldak. Et puis la nouvelle station est à plus de cent cinquante kilomètres de la Tribu la plus proche armée de Noutec. Bien avant qu'ils la trouvent et envoient des guerriers aussi loin, le Jour leur tombera dessus comme sur Kaldak.

D'un geste désinvolte, il écarta les suites de son génocide et remplit les chopes de bière.

Blade n'avait heureusement besoin de personne pour se renseigner sur la base de missiles. Elle était étalée sous ses yeux, chaque fois qu'il sortait sur la terrasse, c'est-à-dire au moins deux fois par jour. Il eut vite fait de la connaître si bien qu'il aurait pu en construire une maquette les yeux fermés !

La destruction de la base ne serait pas le travail d'un seul homme, il le comprit immédiatement. Mais vingt ou trente combattants armés jusqu'aux dents et la prenant par surprise auraient une chance. Avec quarante ou cinquante, elle serait excellente. Il y avait en général moins de cent gardes, ils étaient largement dispersés et seuls quelques Chercheurs étaient armés. La base était à deux heures de vol de la ville de Doimar. Les assaillants pouvaient effectuer leur raid et repartir bien avant l'arrivée de renforts.

En supposant qu'il puisse réunir les hommes nécessaires, quelles étaient les chances de surprise ? Pour ça, Blade ne pouvait que deviner, ce qu'il n'aimait pas, mais il jugea finalement qu'elles étaient assez bonnes pour tenter le raid. Les Doimarites paraissaient certains que non seulement les Kaldakiens ignoraient tout de la base mais ne pourraient rien s'ils la connaissaient. Il n'y avait pratiquement pas de défense antiaérienne et tous les radars servaient à suivre les missiles quand on les lançait.

Et si tout le reste échouait, il y avait encore une mission pour un homme seul, qui ferait échouer les plans de Detcharn. Blade pouvait le tuer.

Normalement, Blade aurait été incapable d'envisager aussi calmement de tuer son fils. Mais aussi, normalement il n'aurait pas eu à l'envisager. Il était dramatique qu'une intelligence aussi brillante que celle de Detcharn doive être détruite mais cette intelligence même signifiait qu'il n'y aurait personne pour le remplacer.

Naturellement, les chances de survie de

Blade, ensuite, seraient bien minces. Cela ne l'empêchait pas d'être résolu. Detcharn était trop dangereux pour qu'on le laisse vivre.

— Encore un peu de vin, Voros ?
— Merci, Moshra.

Blade tendit sa coupe et elle le servit, d'une carafe de cristal. C'était un bon vin, fort et âcre.

Par la grande baie, il voyait la lointaine lueur du centre de recherche à l'horizon. C'était la seconde fois que Moshra l'invitait à dîner et la première qu'elle le faisait ·enir dans sa villa personnelle, à plusieurs kilomètres de la base. Blade se demandait s'il allait affronter une autre tentative de séduction d'une de ses filles.

Ils burent en silence. A l'horizon, la lueur devint un instant plus vive. Au bout d'un moment, les murs se mirent à vibrer légèrement. Le grondement du lancement s'enfla et mourut.

— Ils en lancent une presque tous les soirs, dit-elle, d'une voix si terne qu'il était impossible de savoir si elle approuvait ou non.

Blade l'examina, en essayant d'oublier leur parenté. Elle était vraiment très séduisante, malgré sa robe informe et ses cheveux tirés en chignon. Elle avait aussi ce même air lointain, impersonnel, que lorsqu'il l'avait vue pour la première fois.

— Tes pensées semblent vagabonder au loin,

ce soir, dit-il. Je pourrais être à Kaldak, pour toute l'attention que tu m'accordes.

Elle rougit et sourit faiblement.

— Mon esprit doit s'écarter du tien. Autrement, il serait dans le tien.

— Tu n'as pas besoin de me toucher ?

— Je t'atteins plus facilement en te touchant, mais même sans ça, je risque de lire des pensées que tu ne voudrais pas que je connaisse. On dit que c'est un don précieux, de pouvoir communiquer mentalement. Ce don ne m'a pas toujours profité, cependant. Mais je crois qu'un bon moment arrive.

Elle allongea le bras et prit la main de Blade. Il réprima un sursaut et se retint de se dégager. Le geste était si maladroit qu'il ne pouvait avoir d'intention sexuelle. A moins que Moshra veuille se débarrasser de sa virginité, si elle l'avait encore ?

Il n'alla pas plus loin dans ses suppositions et dressa une barrière dans son esprit. Culotté poussa un petit *yip* de protestation. Blade lui lança un morceau de pain sans relâcher son contrôle mental. Il ne pouvait dégager sa main sans provoquer une scène et tant que Moshra le touchait elle risquait de détecter bien trop facilement toutes les questions qu'il se posait.

L'autre main de Moshra tâtonna au-dessus de la carafe. Soudain, elle tressauta convulsivement et la carafe tomba de la table. Le cristal se brisa et le vin se répandit sur le tapis.

— Ah, maudite soit...

Mais Blade ne l'écoutait plus. Il avait perçu un son, derrière le rideau d'une alcôve dans le fond de la salle. Il se leva, si brusquement qu'il renversa sa chaise, et pivota en dégainant son pistolet.

Le rideau s'écarta, révélant une femme aux cheveux blancs dans un fauteuil roulant à moteur. Elle pressa un bouton et le fauteuil avança dans la pièce. Puis elle sourit.

— Bienvenue à Doimar, Richard Blade !

CHAPITRE XVII

C'était Feragga, la femme qui avait régné sur Doimar quand Blade y était venu pour la première fois.

Il avait entendu parler de gens à qui la surprise causait un arrêt du cœur. Le sien fut bien près de s'arrêter de battre. Son esprit ne cessa pas de fonctionner pour autant. Il put même maîtriser sa parole.

— Je suppose qu'il ne sert à rien de protester et de dire que tu te fais des idées ? demanda-t-il ironiquement.

— Naturellement ! Maintenant que Moshra a lu tes pensées, je me fiche de ce que tu racontes comme d'une pile de crottin de munfan. Je sais que tu es Blade, répliqua-t-elle en poussant son fauteuil vers la table. Sers-moi à boire, Moshra.

— Maman Feragga, crois-tu que tu peux...

— Je crois que je peux faire ce que je veux. Je n'ai plus de temps à gaspiller en réflexions et je veux du vin.

Blade rit. Feragga n'avait pas changé. Elle avait toujours l'habitude d'imposer sa volonté.

Moshra soupira et la servit. Elle but avidement et clapa des lèvres.

— Ah, c'est bon. Grâce aux Lois, je n'ai pas perdu le goût. Quand je le perdrai, je serai prête à m'allonger sur le bucher funéraire. Tu n'as pas vieilli du tout, Blade. Je suppose que le temps passe à un rythme différent, là où tu as passé ces trente ans ?

— C'est évident.

Si Feragga et Moshra avaient percé son principal secret, il était inutile de discuter pour rien. Et il était inutile de perdre du temps en conversation polie. Feragga ne l'avait certainement pas fait venir là pour évoquer le passé.

— Tu as toujours l'âme rusée, hein ? dit-elle. Ma foi, je ne m'attendais pas à autre chose et j'en suis heureuse. Tu comprendras ce que je veux de toi et tu le feras très bien.

— Maman Feragga...

Un mouvement impérieux de la tête blanche réduisit Moshra au silence.

— Rappelle-toi le mal que nous nous sommes donné pour que je vienne ici ce soir sans que personne ne le sache. Et dis-toi bien que chaque nouveau déplacement aggrave les risques de découverte. Alors nous n'avons pas de temps à perdre !

Feragga se tourna vers Blade.

— Je dois d'abord te dire que j'ai adopté ta fille Moshra, quand sa mère est morte en couches. Et maintenant je veux que tu t'évades de Doimar et que tu avertisses Kaldak des projets de Detcharn.

Blade n'était pas facile à surprendre et il avait déjà eu ce soir une surprise qui faisait paraître tout le reste insignifiant. Alors il fit simplement un geste vague.

— Plus facile à dire qu'à faire. Et si je me disais que c'est un piège ?

Moshra fit une petite grimace mais Feragga éclata de rire.

— Si tu n'avais pas posé cette question, j'aurais douté que tu sois le même Blade. Je te parlerai net. Tu feras ce que je dirai, ou je révélerai à Detcharn qui tu es.

— Toi non plus tu n'as pas changé, Feragga.

— Merci. J'ai essayé, au moins jusqu'à ce qu'il y ait la paix entre Doimar et Kaldak. Il ne pourra pas y en avoir à moins que les projets de Detcharn ne soient déjoués. Je n'aime pas Kaldak, Blade. Je ne t'aime pas tellement non plus. Mais je n'aime pas du tout la perspective de Doimar régnant sur un pays de cadavres et de ruines, et c'est ce qui arrivera si on n'arrête pas Detcharn.

Blade ne dit rien. Si Feragga et lui étaient d'accord là-dessus, il n'y avait rien à dire. Il y avait de l'ironie dans le fait qu'il s'évade maintenant de Doimar pour avertir Kaldak, avec sa bénédiction au lieu de ses malédictions. Il se servit du vin, tout en considérant la proposition et en cherchant les pièces possibles. Il n'avait pas entièrement confiance en elle et il n'entendait pas se fier entièrement au hasard. L'enjeu était trop grand.

— J'accepte, dit-il enfin, mais à une condition. J'emporterai la formule du vaccin contre la fièvre. Ainsi Kaldak serait protégé même si rien d'autre n'arrive à Detcharn et aux Chercheurs.

Feragga haussa les sourcils.

— Pourquoi est-ce que je ferais ça ?

— Pour que je sois sûr que personne, à Doimar, ne puisse jamais se servir de la fièvre contre Kaldak.

Un long silence et Feragga dit enfin :

— Tu n'as pas confiance en moi.

— Pas assez pour tout laisser entre tes mains. J'ai appris ça de bonne heure, à une dure école. Allons, Feragga ! Ça ne te ferait aucun bien si je rapportais cette conversation à Detcharn, n'est-ce pas ?

Il la vit pâlir et comprit qu'il ne se trompait pas.

— Tu signerais l'arrêt de mort de Moshra ainsi que le mien, Blade. Tu n'as donc aucun sentiment pour ta fille ?

Avant que Blade puisse protester, Moshra tapa sur la table avec colère.

— Assez, maman Feragga ! Si tu continues à exiger ce que mon père ne donnera pas, nous n'aurons rien ! Je suis certaine qu'il préférerait nous voir mourir toutes les deux plutôt que de faire moins que son devoir. Alors si tu ne veux pas être raisonnable, je lui donnerai la formule moi-même !

— Comment peux-tu la connaître ? s'exclama Feragga, étonnée.

Moshra rougit et baissa la tête.

— Je n'ai pas pu éviter de la lire dans l'esprit de Detcharn une nuit... alors que je couchais avec lui.

— Ton propre frère ? dit Blade.

— Demi-frère, rectifia-t-elle. Il... il est fier de n'être lié par aucune loi, à part sa volonté. Il... Père, pourquoi fais-tu cette tête ?

Feragga rit grassement.

— Je parie que sa fille Baliza a essayé de le séduire à Kaldak. Voilà une sacrée gaillarde, à ce qu'on raconte ! Elle ne pouvait pas savoir qui il était, bien sûr. Elle n'a vu qu'un beau mâle qui lui a fait envie.

— Est-ce que tu lis aussi dans les pensées, maman Feragga ?

— Non, je connais simplement les hommes et les femmes un peu mieux que toi. Enfin, Blade... Puisqu'il faut faire les choses comme tu veux, ainsi soit-il.

Ils achevèrent le vin en mettant au point les détails. Blade partirait pour sa visite prévue à la nouvelle base d'essais. Moshra l'accompagnerait ainsi qu'un soldat à la solde de Feragga. A mi-chemin, le soldat s'emparerait de l'appareil en tuant le pilote et Blade prendrait la relève.

— Tu sais piloter un de nos antigravité, j'espère ? demanda Feragga.

— Assez bien pour le poser sans rien casser.

— Bien.

Ensuite, Blade volerait jusqu'au voisinage de la frontière de Kaldak, dans un endroit éloigné des Tribus. Ils détruiraient l'appareil et passeraient à pied en territoire kaldakien. Ensuite, il serait livré à lui-même. Il aurait encore besoin d'un bon coup de pouce de la chance mais avec la formule du vaccin comme monnaie d'échange, il ne doutait guère de sa réussite.

CHAPITRE XVIII

L'appareil antigravité bourdonnait dans la nuit. La cabine était obscure, à part les voyants du tableau de commandes. Blade distinguait à peine les traits de Moshra, à côté de lui. Le soldat, accroupi à l'arrière près de la porte ouverte, n'était qu'une ombre.

Yip ? Culotté posait une question. Il avait pris l'habitude de communiquer avec Blade par le son en présence de Moshra. Il n'avait pas complètement confiance en elle, en dépit de ce que lui disait son maître. Et puis il n'aimait pas du tout que d'autres captent ses pensées, à part Blade ou un Emplumé. La conversation, entre eux, était donc vague et un peu limitée quand Moshra était là.

— Ce ne sera plus bien long, répondit Blade. Nous devons avoir fait la moitié du chemin.

— Plutôt les deux tiers, dit le pilote. Mais c'est ici le plus délicat. Nous survolons des terres tribales et les Tribus ne nous aiment plus beaucoup, depuis...

Il s'interrompit. L'armée régulière de Doimar avait été fière de s'être attiré l'amitié des Tribus et réprouvait le raid sanguinaire de Detcharn. Cependant, il était malsain de s'opposer à lui, tant qu'il était le principal espoir de victoire de Doimar.

— Alors les Kaldakiens nous ont aidés, dit Blade. Ils ont emporté tout un tas d'armes de Noutec qu'avaient les Tribus, du temps où j'étais à Kaldak. Je doute qu'il leur reste de quoi nous toucher aussi haut.

— Je l'espère, marmonna le pilote.

Il manipula les commandes. L'appareil s'inclina légèrement et changea de cap.

Le soldat n'avait pas ouvert la bouche pendant cette conversation. Il n'avait d'ailleurs pas dit trois mots depuis le départ. Blade se demandait s'il était d'une nature taciturne ou s'il avait peur. Un homme nerveux serait un mauvais choix pour cette mission. Bien sûr, il avait été sélectionné par Feragga en personne, mais elle n'était pas un agent des services secrets et Blade ne se fiait guère aux gens qui n'étaient pas du métier.

Lentement, à l'insu du soldat et du pilote, il changea de position sur son siège. Maintenant, il n'était plus dans la trajectoire entre le soldat et le pilote. Il défit aussi le rabat de son étui à revolver.

Soudain, le soldat poussa un cri perçant. Le pilote sursauta violemment, se retourna et reçut une décharge de laser en pleine figure. Son visage devint un horrible masque calciné mais, curieusement, il ne mourut pas. Blade voulut se lever mais Moshra était déjà debout. Il tendit la main pour la retenir.

— Non. J'ai prêté serment d'employer ma voyance pour porter secours dans ces moments-là.

Elle repoussa Blade et s'approcha du pilote mourant. Cela la fit passer devant le soldat. Comme un serpent, le bras de l'homme se détendit pour la saisir par le cou tandis que de son autre main il lui appliquait le canon de son laser dans le dos. Elle se débattit mais s'immobilisa quand il gronda :

— Bouge pas ou j'abats ton ami ! Et ça marche dans les deux sens. Toi, ordonna-t-il en braquant l'arme sur Blade, prends les commandes et conduis-nous où je te dirai.

— A Detcharn ?

Le bras se resserra autour du cou de Moshra.

— Pilote et tais-toi !

Blade jugea que ce n'était pas le moment d'essayer de s'emparer du soldat déloyal. Mieux valait attendre une meilleure occasion, quand Moshra serait en moins fâcheuse posture. Gardant ses mains bien en vue, il posa son revolver sur le siège et alla s'asseoir à la place du copilote.

— Soldat, si Feragga ne te paie pas assez... *Iiiiiik !* fit Moshra quand le bras l'étrangla.

— Elle ne peut pas payer assez pour me rendre mon père. Les sales Kaldakiens l'ont tué. Elle ne peut pas non plus protéger ma femme et mon bébé des mains de Detcharn.

— Si c'est Detcharn qui t'inquiète..., dit Blade.

— Pilote, interrompit le soldat, ou elle meurt lentement ! Les entrailles brûlées, les seins calcinés. Vole !

Blade se retourna vers les commandes. Elles n'avaient rien de bien compliqué. Il savait qu'avec un peu de pratique il pourrait faire brusquement basculer l'appareil ; le soldat serait déséquilibré. Mais il était trop tôt. L'homme avait les nerfs à vif et paraissait bien trop prêt à tuer.

Moshra dut avoir la même idée mais elle estimait avoir moins à perdre. Le soldat recula vers l'arrière de la cabine, sans la lâcher. Alors qu'ils passaient devant la porte ouverte, elle se laissa tomber. En même temps, elle donna un violent coup des deux coudes derrière elle.

Par pur hasard, un des coudes frappa le soldat entre les jambes. Il hurla et tira, mais n'atteignit que le tableau de bord. Le second coup de laser frôla la joue de Blade.

Moshra se laissa aller de tout son poids sur le soldat. Il partit à la renverse, perdit l'équilibre et bascula dans le vide. Malheureusement, il se cramponna à la robe de Moshra et l'entraîna dans sa chute.

Blade était sûr de ne jamais oublier le long cri de sa fille, même s'il vivait mille ans.

Il arriva à la porte juste au moment où les

deux corps disparaissaient dans les ténèbres. Il y resta jusqu'à ce qu'il entende les cris de Culotté et sente l'appareil partir à la dérive. Alors il plaqua un couvercle de fer sur ses sentiments et se remit aux affaires.

Le pilote était mort et les deux ensembles de commandes complètement détruits. Le parachute du pilote était trop brûlé pour être utilisable. Heureusement, celui du copilote restait intact, sous le siège. Blade le tira et l'endossa. Puis il prit tous les bouts de ficelles et les courroies qu'il put trouver dans la cabine et attacha solidement Culotté au harnais, sur sa poitrine. Le petit singe ne serait guère à son aise mais il serait en sécurité et Blade aurait les deux mains libres pour contrôler ses suspentes.

Une fois prêt, il ouvrit la trappe donnant accès au câble de transmission du générateur antigravité. D'un bref coup de laser, il le fit sauter. Le générateur se tut dans un grondement et un grincement, puis l'appareil piqua du nez. Au même instant, Blade serra l'anneau de son parachute et se jeta dans le vide.

Il y avait assez de vent au sol pour faire danser à Blade une joyeuse farandole quand son parachute le traîna par terre. Il parvint finalement à le vider de son air juste au moment où il atteignait le bord d'un ravin et glissait dans un bourbier. Il en ressortit aussi vite qu'il y avait plongé mais Culotté et lui étaient déjà tout ruisselants d'une eau fétide et nauséabonde.

Culotté, détaché, courut et sauta sur place pour se sécher et gratta la vase de ses plumes avec ses pattes. Blade lui transmit l'ordre de rester tranquille, mais ne fit pas autrement attention à lui.

Il avait envie de rire, parce qu'il savait qu'il risquait de pleurer s'il ne riait pas. Mais s'il s'y mettait, il ne pourrait plus s'arrêter... Alors il finit par s'asseoir par terre pour réfléchir à ce qu'il devait faire à présent.

Ce retour à Kaldak battait tous les records de danger et de confusion. Et tout promettait d'empirer. Il n'osait pas penser à la mort de Moshra. A part ça, il était perdu en territoire probablement hostile, loin de la frontière kaldakienne. Il ne savait même pas comment y aller ! S'il tardait trop, le « Jour » de Detcharn pourrait bien se lever avant qu'il ait averti les Kaldakiens. Et s'il tombait sur des Tribus ennemies, son avertissement et lui ne les atteindraient jamais.

Malgré tout, ça aurait pu être pire. Il avait sur lui la formule du vaccin. L'épave de l'antigravité aurait l'air d'un appareil normalement accidenté. Enfin, le soldat semblait avoir agi de son propre chef, dans l'espoir d'une récompense de Detcharn. Il y avait de fortes chances que Detcharn ne connaisse pas et n'apprenne pas le complot de Feragga avant qu'il soit trop tard.

Culotté sauta sur l'épaule de Blade, comme s'il sentait que son maître n'avait pas le cœur en repos.

En se mettant en marche, Blade se dit qu'il avait une autre carte à jouer, en cas de besoin. S'il rencontrait une Tribu qui ne tirait pas tout de suite et posait des questions après, il prétendrait — sans même mentir — être un ennemi de Doimar. Cela lui vaudrait peut-être un sauf-conduit dans leurs terres, même s'il doutait que ça l'amène jusqu'à Kaldak. Les nouveaux ennemis n'effacent pas toujours le souvenir des vieilles guerres.

CHAPITRE XIX

Le Tribal était arrêté au bord d'une grande prairie descendant vers un ruisseau. Il relevait la tête, reniflait l'air, écartait le plus possible ses oreilles pointues. Tout en reniflant et en écoutant, il observait le champ et les arbres le bordant sur trois côtés.

Sans bruit, comme un chat, Blade se glissa derrière lui. Il enfonça brusquement son genou au creux des reins du chasseur et lui fit un croc-en-jambe. Son bras musclé lui entoura la gorge et lui coupa le souffle. Culotté poussa quelques *yips* stridents et l'homme perdit connaissance.

Quand il revint à lui, il était couché dans l'herbe sur le dos, pieds et poings liés. Les liens étaient serrés mais pas trop et il parut très étonné de voir son fusil intact, posé à côté de lui.

Blade avait l'ouïe assez fine pour percevoir le soupir de soulagement du chasseur. Il lui sourit.

— Ainsi, tu te réveilles. Je regrette de t'avoir frappé si fort, mais j'étais pressé. Je ne voulais pas que tu appelles au secours. Je n'ai pas envie de me battre avec toi non plus, sans raison. Qui es-tu ? Ton nom ?

— Je suis Shangbari, le meilleur chasseur de la Tribu des Chats Rouges !

— Dis-moi, dans ta Tribu, tout le monde a les mêmes oreilles que toi ?

Shangbari s'esclaffa et les remua.

— Bien sûr ! Presque, quoi.

— Ton chef a ces oreillcs-là ?

— Oui.

— Et est-ce que ton chef est un jeune homme, d'une vingtaine d'années, avec une femme et un bébé ?

Shangbari parut estomaqué, puis effrayé, et il hocha la tête.

— Je l'espérais. Et est-ce que ton chef s'est cru un moment l'ami des Chercheurs de Doimar, jusqu'à la nuit où les Kaldakiens sont descendus du ciel pour attaquer les Chercheurs ? Et, cette nuit-là, est-ce qu'un guerrier de Kaldak n'a pas épargné ton chef, sa femme et son enfant, en lui disant de fuir parce que ce n'était pas son combat ?

Shangbari pouvait à peine respirer, encore moins parler. Il fit un nouveau signe affirmatif. Blade ramassa le fusil du chasseur.

— Je veux voir ton chef. J'ai des choses à lui dire qu'il doit savoir sans tarder. Si tu me jures, par le serment le plus sacré que tu connaisses, de ne pas me faire de mal ou de ne pas m'égarer, je te rendrai ton arme. Deux fusils valent toujours mieux qu'un, et aussi deux paires d'yeux.

De toute évidence, le Tribal pensait avoir affaire à un guerrier expérimenté et il n'hésita pas.

— Par les esprits de mes proies, par le bon tir de mon fusil et par ma foi dans le serment du chasseur, je jure de te garder comme mon frère, jusqu'à ce que tu aies dit tout ce que tu as à dire à Ikhnan, chef des Chats Rouges, récita Shangbari.

Culotté sauta sur place en battant des mains et en faisant *yip-yip-yip* comme s'il comprenait et approuvait. Blade prit son couteau, trancha les liens de Shangbari, l'aida à se relever et lui rendit son fusil.

— Encore un peu de bière ? offrit Ikhnan.

Blade refusa. Il avait déjà bu plus qu'assez de la forte bière tribale, en racontant son histoire au chef.

— Tu as déjà fait beaucoup plus que ce qu'exigent de toi les lois de l'accueil.

Ikhnan sourit sombrement.

— Mais pas autant que tu le désirais, ou que tu espérais ?

— Tu gouvernes sagement ton peuple. Tu serais encore plus sage si tu me croyais davantage.

— Ça j'en doute. Tu dis que tu ne t'es pas joint aux combattants du ciel de Kaldak de ton plein gré, et pourtant tu es descendu comme l'un d'eux.

— C'est vrai. Et je n'ai pas fait de mal aux tiens mais beaucoup aux Doimarites, qui sont les ennemis de tout le monde sauf d'eux-mêmes.

— Tu l'as dit. Mais cela me donne uniquement une raison de te laisser retourner à Kaldak avec ton histoire. Cela ne me donne aucune raison de laisser les guerriers survivants des Chats Rouges te suivre dans la gueule des Chercheurs.

Blade fut assez irrité pour songer à diverses choses qu'il ne serait pas bon de dire tout haut. Il envisagea même de renoncer et d'accepter l'offre d'Ikhnan de lui fournir un guide jusqu'à la frontière kaldakienne, ce qui lui ferait gagner quelques jours. Est-ce que cela suffirait, s'il mettait des semaines à persuader les Kaldakiens de passer à l'action ? L'élève officier Voros était probablement condamné à mort pour six ou sept crimes. Il aurait même besoin d'une sacrée chance pour ne pas être abattu à vue.

A ce moment, Blade entendit derrière lui un *yip-yip-yip* familier, le grattement des pieds de Culotté et le pas feutré d'un autre animal à peu près de la même taille. Ikhnan ouvrit de grands yeux, une grande bouche et resta coi. Blade se retourna. Culotté entrait dans la tente en compagnie d'un des Chats Rouges sacrés. Ils s'assirent. Culotté gratta le Chat Rouge derrière les oreilles et l'animal se mit à ronronner.

Blade tendit la main pour le caresser et reçut pour sa peine un bond coup de griffe qui laissa quatre traînées sanglantes. Sur quoi Culotté *yippa* avec colère, sauta sur place et tira violemment la queue du Chat Rouge. Le chat coucha les oreilles et Blade crut qu'il aurait à sauver le petit singe. Les Chats Rouges avaient un caractère féroce et celui-là était presque aussi gros que Culotté.

Les deux animaux se mesurèrent du regard. Puis, lentement, le chat se détendit. Une seconde plus tard, il vint vers Blade et lécha le sang sur le dos de sa main, en ronronnant comme un moteur. Ensuite, alors que les yeux d'Ikhnan menaçaient de tomber de leurs orbites, il grimpa sur les genoux de Blade, enroula sa queue autour de lui et s'endormit. Culotté émit un petit *yip* satisfait et sauta sur l'épaule de son maître.

Au prix d'un effort héroïque, Ikhnan se ressaisit, assez pour demander :

— Est-ce que c'est Fija ?

— Comment veux-tu que je le sache ? répliqua Blade en riant. Demande à Culotté.

— Tu... tu parles comme s'il pouvait répondre... comme un homme. Est-ce qu'il...

— Ce n'est pas un de ces Petits Hommes des légendes des Tribus, cela je peux te le jurer. Quant à te dire ce qu'il est, je n'en sais trop rien moi-même. Ce n'est pas mon secret mais le sien.

Ikhnan ne paraissait toujours pas rassuré.

— Excuse-moi si je ne me conduis pas en guerrier, bredouilla-t-il, mais...

D'un geste, Blade écarta les excuses.

— Moi aussi, il m'est arrivé de mouiller ma culotte face à ce que je ne comprenais pas. Si tu m'expliquais ce qui te met mal à l'aise ? Alors je saurai peut-être te répondre.

Ikhnan hocha la tête.

— Simplement, Fija a plus mauvais caractère que tous les autres Chats Rouges. On croirait qu'il voudrait se nourrir de chair humaine toute l'année. Aucun homme n'a jamais pu le toucher sans être griffé ou mordu. Quant à ce qu'il soit l'ami de n'importe quelle créature... Ma foi, je n'en crois toujours pas mes yeux.

— Je ne connais pas Fija mais Culotté est un petit bonhomme affectueux. Il a probablement convaincu Fija qu'il n'était pas son rival et n'allait pas lui prendre de femelles ou de repas. Ensuite, il n'a pas eu de mal à le persuader que tout ami de Culotté doit être un ami de Fija.

— Tu parles comme si tu y croyais... Non, excuse-moi. Pardonne-moi d'avoir l'air de douter de ta parole comme j'ai douté de mes propres yeux. Malgré tout, je ne me fierai pas assez aux pouvoirs de Culotté pour caresser moi-même Fija, même si je deviens ton ami... L'amitié de Culotté est de Fija est un signe que je dois faire plus pour toi que je ne le voulais. Cependant, je ne peux vraiment pas armer mes guerriers et les envoyer contre Doimar sur un mot de toi. Ecoute, Voros, si tu étais parmi les agresseurs du ciel de Kaldak, tu dois avoir des amis là-bas. Peut-être même parmi leurs chefs ?

— Oui. Connais-tu le Moniteur Bekror ?

Ikhnan sursauta violemment.

— Ses terres commencent à moins de quatre jours d'ici. Mais c'est un des plus redoutables ennemis des Tribus ! Aucune amitié pour toi ne...

— Cela reste à voir. Ce n'est pas un ami des Tribus mais il est mon ami. Il est aussi l'ennemi de mes ennemis de Kaldak. Pour les contrarier, il serait même prêt à aider des Tribaux qui ne le combattent pas. Est-ce que je peux te demander de ne pas utiliser les secours que tu recevras de Bekror contre tout autre que Doimar ? Je t'ai dit et je te répète que Doimar est maintenant un plus grand ennemi des Tribus que Kaldak ne l'a jamais été.

— Et je te crois. Mais ça n'a rien à voir. Sans l'aide de quelqu'un, les Chats Rouges ne peuvent pas faire ce que tu désires. Nous avions cinq cents guerriers. Il nous en reste moins de deux cents, et encore moins avec des armes assez puissantes pour se défendre contre Doimar. Si j'envoie avec toi la moitié de mes guerriers et s'ils ne reviennent pas, les Chats Rouges seront trop faibles pour résister à qui que ce soit. La Tribu mourrait jusqu'au dernier bébé.

Blade ne dit rien. Ikhnan était un fier guerrier, avouant sa faiblesse, et pouvait se passer de réflexions oiseuses. Enfin, Blade déclara :

— Je ne te le demanderais pas. Aucun homme honorable ne le pourrait.

— Merci. Alors voilà. Avec cinq guerriers, je t'accompagnerai chez le Moniteur Bekror. Toi et lui, vous parlerez. S'il nous offre des armes à employer contre Doimar, je jugerai par tout ce qu'il voudra de ne pas les utiliser contre lui. Trouvera-t-il cela juste ?

Blade l'espérait de tout son cœur.

CHAPITRE XX

Blade ne fut pas tellement surpris que le Moniteur Bekror vienne au rendez-vous qu'il lui avait fixé. Il avait formulé son message avec soin, en promettant que Bekror aurait une admirable occasion d'aider Kaldak tout en conservant son indépendance, et cela à un tout petit prix. Malgré tout, il fut heureux et soulagé de voir apparaître le Moniteur. Tout autre moyen d'obtenir un secours kaldakien pour son projet exigerait un temps qui faisait gravement défaut.

Bekror surgit de l'obscurité, avec Sparra sur ses talons, pistolet au poing. Son excellente vision nocturne permit à Blade de distinguer un autre homme, en retrait, et au bout d'un moment il reconnut Terbo, l'ami de Sparra.

— Par exemple ! s'exclama Bekror. C'est bien Voros ! Et au nom de tous les Seigneurs, qu'est-ce que tu as là sur ton épaule ?

— Voros en chair et en os, répondit Blade. Et lui, c'est Culotté. Bonsoir, Sparra.

— Bonsoir, Voros. Et... salut, Culotté.

— *Yiip !*

Blade ouvrit la sacoche de sa ceinture et en retira un petit paquet enveloppé de toile huilée.

— Prends ça, Bekror. Quoi qu'il arrive, fais-le parvenir de toute urgence à Kaldak, et il y aura encore de l'espoir pour tout le monde.

— Qu'est-ce que c'est ?

— La formule du vaccin contre la fièvre que le Chercheur Detcharn veut déchaîner sur Kaldak et les Tribus.

— Est-ce que tu m'as fait venir ici pour écouter des plaisanteries d'ivrogne, Voros ? Ou bien est-ce...

Sparra intervint.

— Nous n'avons guère de temps. Si tu continues d'interrompre Voros, nous ne connaîtrons jamais son histoire et je pense qu'elle mérite d'être écoutée.

Bekror marmonna quelques mots que Blade préféra considérer comme un assentiment. Il raconta tout ce qu'il avait fait depuis son départ des territoires du Moniteur, toutes ses aventures à Doimar, en n'omettant que la découverte de son identité par Moshra.

Finalement, il présenta Ikhnan. Le chef s'avança, les deux mains levées en signe de paix. Blade vit qu'il était inquiet et il espéra qu'aucun des Tribaux qui le protégeaient ne serait porté sur la détente.

— Je jure par les Lois des Villes et par les armes de ma Tribu que Voros parle en mon nom. Je prêterai le serment qu'il a demandé, si tu me donnes les armes dont nous avons besoin pour frapper ceux qui sont les ennemis de tous les hommes sincères.

Ikhnan prononça ce petit discours sans une seconde d'hésitation. Blade se souvint que le chef était assez jeune pour être son fils. Dans dix ans, Ikhnan pourrait devenir l'homme que Kaldak avait toujours craint, le chef qui unirait les Tribus. Il se demanda si Bekror verrait aussi cette possibilité et refuserait son aide.

Un silence tomba. Blade crut entendre une brindille craquer au loin, mais le vent se levait et il était difficile d'en être sûr. Finalement, Bekror hocha la tête.

— Je peux fournir des lasers et des grenades, et même un antigravité s'il le faut. Deux, même. Mais les explosifs... Je n'en ai pas assez sous la main. Et si j'en avais, j'hésiterais à m'en séparer. Ikhnan, acceptes-tu que j'envoie quelques-uns de mes soldats dans ta Tribu, pour surveiller les explosifs ?

— Doutes-tu de ma parole ?

— Non. Et je ne doute pas de celle de tous ces guerriers qui te suivent. Mais les autres Tribus ? Si elles décidaient d'attaquer les Chats Rouges pour s'emparer de ce riche butin ? Il ne doit pas te rester beaucoup de guerriers et il me semble que tu ne peux guère refuser ce renfort.

Blade et Ikhnan se regardèrent. Ils n'avaient pas révélé à Bekror l'affaiblissement des Chats Rouges. Leur regard fut éloquent : « Cet homme est trop avisé. Quel choix avons-nous, sinon d'accepter ?

— Comme tu voudras, dit Ikhnan. Mais que tes hommes soient courageux et assez sages pour honorer les coutumes des Chats Rouges. Autrement, je ne ferai pas le serment de les traiter en amis, car ils n'en seraient pas.

— J'accepte ces conditions. Sparra, veux-tu être le gardien en chef des explosifs ? Tu pourras choisir tes hommes. N'importe qui sauf...

Blade leva une main pour imposer silence. Malgré le vent, il venait d'entendre des bruits insolites, des craquements de branchages, un bruissement d'arbustes, une vague toux humaine. Il mit la main à la crosse de son pistolet.

Avant qu'il dégaine, la nuit explosa dans une confusion de cris, de hurlements et de rayons laser.

— Couchez-vous ! cria Blade à Sparra et Bekror. C'est probablement à vous qu'on en veut !

Bekror poussa violemment Sparra par terre et ouvrit le feu avec son pistolet-laser. Il ne toucha personne mais incendia un buisson. La vive lueur des flammes dérouta les assaillants, qui s'attendaient à un combat dans le noir. Blade compta quatre ennemis et en abattit promptement un en tirant de la hanche.

Puis lui-même dut se jeter à plat ventre tandis qu'Ikhnan et ses Tribaux tiraient à volonté.

Trois agresseurs tombèrent et Blade vit derrière eux des silhouettes mouvantes et d'autres éclairs de lasers. Leur arrière-garde devait être attaquée.

Un des assaillants lança une grenade avant de tomber. Blade la suivit des yeux en vol ; elle atterrit, la mèche crachotante, à moins de deux mètres. Si elle explosait, Bekror et Sparra mourraient. Il n'y avait qu'un seul moyen d'empêcher ça.

A ce moment, un Tribal bondit de l'ombre et se jeta sur la grenade. Une seconde plus tard elle explosa sans faire de mal, sauf à l'homme qui s'était couché dessus.

A demi assourdi, Blade se releva alors que le Tribal hurlait de douleur. Il abrégea ses souffrances d'une balle dans la nuque. Il n'était pas question de soigner une telle blessure, ni même de retourner le malheureux. Blade avait déjà vu ce qui arrivait à quelqu'un qui tentait d'étouffer une grenade avec son corps. Une mort rapide, c'était tout ce qu'il pouvait donner à celui qui avait sauvé Bekror, Sparra... et lui-même, car il avait été sur le point de bondir quand le Tribal l'avait devancé.

Un silence tomba et l'on n'entendit plus que le crépitement du buisson en feu et les lointains gémissements d'un mourant. Sparra et Terbo partirent en éclaireurs et revinrent bientôt, la mine sombre.

— Une de nos sentinelles, le dos brisé, annonça-t-elle. Il a avoué qu'ils étaient des amis de Kyatho, venus pour nous tuer Bekror et moi. Il a ajouté : « Nous aurions réussi sans cette grande garce. »

— Grande garce ? répéta Bekror.

Il parut étonné puis il se ressaisit vivement.

— C'est ce qu'il a dit. Et puis il est mort.

— Ce n'est pas une perte, dit Bekror.

— Non...

Sparra luttait visiblement contre ses nerfs, effrayée par les événements de la nuit et craignant plus encore de paraître lâche aux yeux des Tribaux.

— Ce n'était pas des hommes que les dieux pouvaient aimer, déclara Ikhnan en contemplant son guerrier mort. J'aurais préféré qu'il meure contre un ennemi plus digne.

— Il est mort honorablement, répondit Bekror et il ramassa les armes du mort pour les remettre à Ikhnan en disant : Pour sa tombe.

Le jeune chef fut surpris.

— Tu connais donc notre coutume de mettre les armes d'un guerrier sur sa tombe ?

— Naturellement. J'ai longtemps été l'ennemi des Tribus. Je le serai peut-être encore. Mais jamais je n'ai ignoré leurs usages. Je proposerais que nous l'enterrions ici, maintenant, avec nos deux peuples pour lui rendre les honneurs, mais nous sommes trop près de mes terres. Des gens sans respect pour les morts risquent de profaner sa tombe.

— Si nous sommes si près de tes terres, intervint Blade, finissons donc de parler avant de recevoir de nouveaux visiteurs importuns. Le plus grand honneur que nous puissions rendre à ce guerrier est de faire en sorte qu'il ne soit pas mort en vain.

Personne ne protesta et les négociations furent rondement menées. Un antigravité transporterait Sparra et son peloton, avec les armes et les explosifs, au rendez-vous fixé, dans cinq jours. Quand Bekror aurait d'autres explosifs, il les livrerait ainsi que les appareils antigravité, dès que les assaillants seraient prêts à prendre le départ.

Sur ce, le groupe de Bekror disparut, laissant Blade et les Tribaux emporter leur mort.

Blade se demandait ce qui s'était passé pendant le combat contre les assassins. Et qui était la « grande garce » ? Il était sûr que Bekror le savait, ou croyait le savoir.

Il avait la désagréable impression qu'il y aurait d'autres joueurs, dans cette partie qu'il avait engagée, des joueurs qu'il n'avait pas invités et qui ne se révéleraient que lorsqu'il serait trop tard pour changer les règles du jeu.

CHAPITRE XXI

— Voilà, Shangbari, dit Sparra. C'est un fusil d'Antec. Souviens-toi. Il tire une lumière brûlante, pas des balles. Tu dois ôter son doigt de la détente dès que tu as touché la cible. Autrement, le fusil perdra trop vite sa magie.

— Je comprends.

Shangbari se remettait en position de tir quand soudain une machine volante survola la clairière. Elle descendit et se posa de l'autre côté du petit ruisseau qui la divisait. Tous les hommes s'entraînant au tir se levèrent en poussant des cris. Sparra criait aussi, furieuse qu'on ne l'écoute pas. Puis elle vit Blade qui se dirigeait vers l'appareil et haussa les épaules.

— Oh, bon, grommela-t-elle. D'ailleurs, il se fait tard.

Les Kaldakiens du bord déchargeaient des caisses. Blade les compta au fur et à mesure. Elles contenaient les explosifs dont on aurait besoin pour détruire les machines des Doimarites. Un colosse sauta alors de l'antigravité.

— Hé, Voros ! cria-t-il.

Blade se retourna vivement.

— Par exemple ! Ezarn !

— En personne ! Comment marche le travail ici, Voros ? Tu en as à me confier ?

— Tu peux rester ?

— Si tu veux bien de moi.

— Si je veux de toi ! Est-ce que la pluie tombe, est-ce que la fumée s'élève ? Viens prendre une bière. C'est de la bière tribale, mais enfin...

— Pas la peine de boire de ça ce soir, Voros. Je suis venu avec un bon tonneau de celle de Bekror.

— De mieux en mieux !

En riant, les deux hommes s'éloignèrent côte à côte.

En dehors de la hutte, la nuit était noire. Blade jeta encore des bûches sur le feu et roula à l'écart le tonneau vide. Sparra dormait déjà sous des fourrures, dans un coin, et Culotté ronflait, blotti entre ses bras.

— Alors, mon vieil ami, demanda Blade, qu'est-ce qui t'amène ici, à part l'antigravité de Bekror ?

La bière avait ralenti l'esprit d'Ezarn, qui n'avait jamais été très rapide, ou alors il choisissait ses mots avec soin car il répondit lentement :

— Quand je suis revenu de permission, on m'a demandé de venir ici. Plutôt, on m'a demandé si je voulais aller chez Bekror, pour aider à entraîner ses hommes. Je toucherais ma solde normale, plus ce que Bekror me paierait.

— Qui l'a demandé ?

— Le Haut Commandant Sidas.

— Il l'a demandé, pas ordonné ?

— Peux pas dire. Mais tu le connais. Est-ce que tu sais, toi, s'il est gentil ou s'il donne un ordre ?

Ezarn avait raison et Blade s'en voulut de penser que sa réponse, « peux pas dire » avait une signification cachée.

— Je ne pouvais pas refuser, reprit Ezarn. Alors je suis venu et Bekror m'a parlé de toi et des Tribaux amis. Est-ce que leurs femmes sont amicales aussi ? Toi, tu as la tienne, à ce que je vois.

— Si tu es un ami de Voros et si tu respectes leurs coutumes, oui, les femmes sont assez amicales.

— Tant mieux. Tant mieux.

Ezarn pencha la tête de côté, comme s'il réfléchissait. Mais sa tête resta ainsi et bientôt Blade entendit un ronflement sonore. La bière avait fini par assommer le colosse.

Blade se leva et disposa Ezarn pour qu'il dorme plus confortablement. Puis il barra la porte de la hutte, se déshabilla et se glissa sous les fourrures à côté de Sparra. Elle roucoula de plaisir et se pressa contre lui. Culotté ne se réveilla pas mais il était capable de dormir pendant un tremblement de terre s'il le voulait.

Blade avait de plus en plus la sensation que quelqu'un qu'il ne connaissait pas s'immisçait dans le jeu. Ou peut-être plusieurs personnes. Ce n'était pas pire que d'habitude, dans les opérations secrètes, mais ça ne lui plaisait pas pour autant !

L'arrivée d'Ezarn était un bon signe, cependant. Personne, connaissant le grand soldat, ne l'enverrait exécuter une mission dangereuse pour « Voros ». Toute personne ignorant la loyauté d'Ezarn était trop stupide pour être bien redoutable, quelle que soit son intention.

CHAPITRE XXII

Le soir tombait, les ombres s'allongeaient et la chaleur du jour décroissait. Les trois anti-gravité stationnaient dans l'ombre des arbres, couverts de branches pour les rendre invisibles du ciel. Entre les feuilles, on distinguait vaguement les couleurs de guerre doimarites. Le plan de Blade était de décoller à la nuit, avec Ezarn, Shangbari et soixante guerriers de la Tribu des Chats Rouges, de voler vers la base de missiles de Detcharn où se trouvaient les laboratoires secrets et d'attaquer à l'aube. Il se sentait assez confiant et il avait assuré à ses hommes :

— Quand nous aurons fini de tout démolir, ils seront bien trop occupés pour nous inquiéter pendant notre retour.

Blade vit les derniers feux de camp des Chats Rouges se fondre dans l'obscurité au-dessous de l'appareil. Il confia les commandes au copilote, se leva et alla à l'arrière, en marchant avec précaution pour ne pas compromettre l'équilibre de l'engin. Avec vingt hommes à bord, leurs armes et leur matériel, l'antigravité était chargé à bloc.

La cabine était obscure et empestait la graisse et la sueur des Tribaux. Près du sabord arrière ouvert, l'air était plus frais. Blade passa la tête dehors, constata que les deux autres appareils suivaient à allure régulière, à cent mètres, et il se détendit. La nuit était claire et si elle le restait ils ne risquaient pas de se perdre de vue les uns des autres. Tout paraissait baigner dans l'huile et Blade n'avait plus rien à faire pendant quatre heures. Il se dit qu'il en profiterait pour dormir.

Normalement, il n'aurait pas eu de mal. Une fois qu'une opération militaire avait dépassé le point de non-retour, il se détendait facilement. Pas cette fois. Peut-être était-ce parce que les enjeux étaient bien plus élevés que d'habitude, la vie ou la mort de toute une dimension, une dimension qu'il avait lui-même ressoudée, ou parce que le secret de la Dimension X était en jeu ? Ou quoi ?

Un petit *yip* résonna à ses pieds. Culotté sauta sur le bord de l'ouverture. Blade le prit par la peau du cou pour le ramener à l'intérieur. Le petit singe avait insisté pour venir, dès qu'il avait su que son maître partait à la guerre. Blade l'emmena donc, parce qu'il savait que Culotté ne survivrait pas longtemps chez les Chats Rouges ou même chez Bekror. Il espérait aussi pouvoir l'obliger à rester à bord quand ils atteindraient la base. Il aurait bien trop à faire pour passer son temps à tirer Culotté de ce mauvais pas.

Blade ne pouvait pas dormir, ni fumer, ni boire, ni marcher de long en large sans troubler l'équilibre de l'appareil ou montrer sa nervosité aux Tribaux. Il ne pouvait parler à personne parce qu'Ezarn ronflait et tous les autres gens qu'il connaissait étaient dans les autres appareils. Alors il s'assit, s'adossa à la paroi de la cabine, son fusil en travers des genoux. Il s'installa de son mieux pour se reposer, puisqu'il ne trouverait pas le sommeil... et il s'endormit profondément.

Les assaillants firent cinq fois le tour du poste de garde principal pour permettre à Blade de l'examiner afin de s'assurer qu'il n'y avait pas de nouvel armement en place. Il ne distingua que les deux mêmes lasers qu'il avait vus quand il était prisonnier.

Il était temps de se poser. Les deux premiers appareils se posèrent tandis que celui de Sparra continuait vers la falaise. Les hommes à son bord avaient pour mission de faire sauter les armes lourdes au sommet puis d'empêcher des Chercheurs armés ou des gardes des laboratoires de venir troubler la petite sauterie à la base.

La poussière retomba. Blade ouvrit la porte et sauta à terre. Il portait un uniforme doimarite et des insignes équivalant à ceux de colonel, aussi les gardes à la porte se mirent aussitôt au garde-à-vous.

— Repos ! rugit Blade. Appelez votre commandant. Mes hommes et moi avons besoin de déjeuner et de prendre une douche chaude !

— Euh... A vos ordres. Nos hommes sont au mess mais...

— Nous avons patrouillé toute la nuit. Les vôtres l'ont passée au lit. Rompez !

Les gardes jugèrent que ce n'était pas le moment de discuter.

— Nous devons annoncer qui ?

Blade aspira profondément.

— Moshra !

Puis il dégaina son laser et abattit les deux hommes.

Le cri de guerre de Blade et les coups de feu étaient le signal. Le laser monté sur la tourelle d'un des antigravité ouvrit le feu et élimina d'emblée un de ceux du poste de garde. Sous le commandement d'Ezarn et d'Ikhnan, quarante Tribaux en uniforme doimarite surgirent des deux appareils.

Blade lança une grenade contre la porte du poste. Elle ploya le métal mais des éclats sifflèrent à ses oreilles. Attention, se dit-il. Avec la vengeance pour Moshra à portée de la main, toute négligence serait fatale.

Ezarn lança deux grenades sur le toit. Elles firent sauter le canon du second laser et tomber à terre presque tous ses servants. Ils n'étaient pas tous d'un seul morceau.

Soudain, la porte bosselée s'ouvrit à la volée et les gardes sortirent en courant. La plupart étaient désarmés il y en avait d'à moitié vêtus, d'autres entièrement nus. Même ceux qui avaient des armes ne tirèrent pas sur Blade. Il décocha deux ou trois coups de laser et puis il dut reculer d'un bond pour éviter d'être piétiné par la ruée. Les gardes semblaient aveuglés par la panique.

Puis les Tribaux et le laser lourd ouvrirent le feu en même temps. Les tireurs d'élite de la Tribu visaient les gardes devant le poste et le laser lourd ceux de derrière. Blade dut se baisser pour ne pas être abattu en même temps qu'eux. Les mains plaquées sur ses oreilles pouvaient l'empêcher d'entendre leurs cris mais rien n'était capable de chasser l'odeur de chair grillée et de sang frais.

Quand il se releva, les rares survivants se dispersaient frénétiquement, sous le feu des meilleurs tireurs de la Tribu. Devant la porte, il y avait un monceau de cadavres déchiquetés et calcinés. Blade s'en approcha, malgré la puanteur. Quelque chose d'autre que l'agression brutale avait terrifié les gardes. Il voulait savoir ce que c'était et si c'était dangereux pour ses hommes, même s'il lui fallait pour cela plonger dans cet écœurant tas de morts.

Il n'eut pas besoin d'aller aussi loin. Par la porte ouverte, il vit tout un tas de cylindres d'acier poli, à demi couverts de bâches. Sur un des cylindres, il reconnut le code des bacilles de fièvre. Si sa grenade avait explosé à l'intérieur et brisé un de ces cylindres pour que la culture concentrée s'échappe sous pression...

Il recula précipitamment et se heurta à Ezarn. La figure du colosse s'assombrit quand Blade lui expliqua la situation.

— Pas étonnant qu'ils soient tous sortis de là comme s'ils avaient le feu au cul, commenta-t-il. J'aurais été le premier !

Maintenant que les gardes étaient partis, cependant, le poste devenait un poste de commandement idéal. Avec la culture de fièvre à l'intérieur, personne n'oserait tirer dessus. Ou alors ce serait un signe que les Doimarites étaient si désespérés que les assaillants étaient condamnés quand même.

Un des appareils reprit l'air pour aller lâcher des explosifs formés en bombes dans les silos des missiles. Les Tribaux déchargèrent de l'autre les charges de démolition puis Blade le prit pour voler sur le toit. De là-haut, il pouvait couvrir les Tribaux avec le laser à tourelle, pendant qu'ils déposaient les charges explosives près du dépôt de carburant. Il resta sur le toit avec cinq hommes, pour défendre les appareils.

Pendant qu'Ikhnan et l'équipe de démolition se hâtaient vers la masse des citernes de carburant, Blade se força à paraître absolument calme. Jusqu'à présent, le raid se passait mieux qu'il ne l'avait espéré mais il avait le sentiment que c'était le calme avant la tempête.

Il se retourna vers le sommet de la falaise, juste à temps pour voir exploser la première des armes montées là-haut.

Les explosions se succédèrent. Les assaillants détruisaient les laboratoires, une fumée blanche montait des lance-fusées. Les Tribaux commencèrent à revenir vers le poste de garde. Mais quand les explosions continuèrent après le retour de tous les survivants, Blade commença à s'inquiéter. Des incendies devaient progresser par les canalisations souterraines. C'était parfait, jusqu'à un certain point. Mais qu'arriverait-il si l'incendie atteignait le principal dépôt de carburant et le faisait sauter prématurément ?

Il ne savait pas combien de carburant contenaient les citernes, ni de quelle espèce, mais il était certain qu'il y en avait beaucoup et qu'il était puissant. Si tout sautait en même temps... C'était pour ça qu'il avait soigneusement réglé les charges pour qu'elles détonnent seulement après qu'ils auraient reprit l'air.

Il regarda ses hommes autour de lui. Tous ceux qui repartiraient étaient là, vingt-huit sur les quarante des deux premiers appareils, certains blessés.

— Faites monter tout le monde dans le

deuxième engin, ordonna-t-il à Ezarn et Ikhnan. Je prendrai celui qui a la tourelle laser.

— Ça va être serré, dit Ezarn.

— Pas plus qu'en venant, avec vingt hommes et les explosifs. Avec l'autre appareil volant à vide, je manœuvrerai plus facilement. Ça pourrait être important, s'il reste encore par ici quelqu'un capable de se battre.

Chargé à bloc, le deuxième appareil décolla. Comme Blade, Culotté et Ezarn montaient dans l'autre, ils virent le troisième descendre vers eux du sommet de la falaise. Et puis Blade fut trop occupé à décoller pendant qu'Ezarn bouclait à son ceinturon un laser lourd de Doimar qu'il s'était procuré on ne sait où.

Une fois en l'air, Blade respira plus à l'aise. Jusqu'au dernier moment, il avait eu peur que quelque chose démolisse les cylindres de bacilles. A moins que les savants de Kaldak aient déjà pu se servir de la formule pour fabriquer un vaccin, ce serait une mort horrible pour...

Il crut voir le soleil se lever des entrailles de la terre. Une monstrueuse boule de feu orangée se déploya à la place du principal dépôt de carburant, emportant avec elle des plaques de béton, des mottes de terre, des blocs de maçonnerie pesant des tonnes. Avec une lenteur majestueuse, la boule de feu s'enfla en avalant tout sur son passage. L'onde de choc frappa le poste de garde et le détruisit mais avant que les débris volent trop loin, les flammes les rattrapèrent.

Puis l'onde de choc souleva l'appareil qui fut

secoué comme une feuille morte dans une bourrasque. Blade fut encore plus occupé et pas très sûr de pouvoir rester en l'air. Ezarn se cramponnait à tout ce qui lui tombait sous la main, maudissait les Doimarites, l'antigravité, les voyages aériens, les fusées et sa propre folie pour s'être laissé embarquer dans une aventure pareille.

Enfin l'air se calma et la fumée se dissipa assez pour que Blade puisse enfin constater les dégâts. A la place du dépôt de carburant, il y avait un cratère fumant entouré sur deux kilomètres à la ronde de débris calcinés. La base n'aurait pas pu être plus irrémédiablement détruite par une bombe atomique.

— Nous aurions pu faire tout le fichu boulot avec ça, grogna Ezarn en regardant par-dessus l'épaule de Blade. Et en épargnant des tas de braves guerriers. Oui, braves. Je me fiche bien de la forme des oreilles des Tribaux. Ils ont été valeureux. Bougrement valeureux !

Il répéta cela plusieurs fois, en marmonnant, tout en retournant dans la tourelle du laser.

Blade avait un large sourire et pas seulement à cause de la toute nouvelle tolérance d'Ezarn. On pouvait cesser de s'inquiéter des bacilles. L'explosion avait dû fracasser tous les cylindres mais le mur de flammes avait certainement stérilisé leur contenu aussi parfaitement que pouvait le souhaiter un bactériologiste. Aucune fièvre ne serait semée dans cette dimension, même par accident.

Les trois appareils se rejoignirent au-dessus des ruines du poste de garde. Les hélices tournant au ralenti pour planer sur place, les hommes purent parler de l'un à l'autre sans radio. Blade ne voulait pas que des oreilles doimarites les écoutent.

— Sparra est morte, Voros, annonça Shangbari. Nous avons ramené son corps, pour qu'elle puisse reposer parmi les siens.

Ce fut un choc pour Blade. Sparra morte ! Au moins, elle avait été une volontaire, elle était morte les armes à la main, elle n'avait pas été une innocente victime de la folie d'un traître, comme Moshra.

— Est-ce qu'on sait ce qui est arrivé au Chercheur Detcharn ? demanda-t-il.

— Je crois que c'est lui que j'ai vu tomber de la falaise aux premières explosions, répondit quelqu'un.

Blade allait donner des ordres pour remettre le cap sur leur base quand un grondement et un rugissement couvrirent soudain le sifflement des hélices. Tout le monde se retourna d'un air affolé, craignant une forme d'attaque inconnue... et se figea pour regarder la falaise.

Lentement mais régulièrement, la falaise tout entière qui contenait le complexe de laboratoires s'effondrait. Des blocs de pierre de la taille des villas des Chercheurs glissaient ou bondissaient en chute libre, retombaient sur des décombres, soulevaient des nuages de poussière et de gravier. Blade vit des reflets de soleil sur du métal tandis que le matériel de laboratoire, des poutrelles d'acier, des cages d'ascenseurs se détachaient et tombaient avec les pierres. Il crut distinguer aussi des silhouettes humaines gesticulant comme des pantins.

Il devait y avoir eu une faille géologique dans la falaise qui avait fini par se fracturer sous le martèlement des explosions. La destruction des Chercheurs était encore plus absolue que Blade l'avait prévu, ou même voulu, mais à présent peu importait que Detcharn soit mort ou non. La plupart des Chercheurs et leurs laboratoires avaient disparu, leur pouvoir à Doimar était brisé et la technologie de leur ville allait sûrement décliner bien au-dessous de celle de Kaldak.

A voir toutes ces pierres volant dans les airs, il était temps de partir.

— Suivez-moi, dit Blade. Nous mettons le cap sur la ville de Doimar.

Ils le regardèrent tous avec stupéfaction, alors il expliqua :

— C'est la dernière direction qu'ils s'attendent à nous voir prendre. Et puis maintenant, ils ont dû avoir vent de l'assaut contre la base des missiles et ils vont envoyer tous leurs engins de guerre pour appréhender les agresseurs. Le temps que nous arrivions en ville, tous les appareils antigravité seront en l'air, pour venir ici ou aller sur la frontière. Alors nous nous poserons au-delà de Doimar et nous franchirons la frontière de nuit.

On le crut fou, bien sûr, mais d'un autre côté c'était Voros-le-Sage qui parlait, qui les avait conduits à la victoire et à la vengeance contre les Doimarites. Et puis s'ils le croyaient fou, les Doimarites auraient probablement la même idée.

Blade espéra qu'il devinait juste. Il espérait aussi que Feragga ne se mêlerait pas de diriger les recherches car elle était bien la seule personne de Doimar à savoir comment il raisonnait.

CHAPITRE XXIII

Blade contemplait à l'horizon les tours de Doimar et il respirait mieux. Ils étaient maintenant aussi près que possible du cœur de l'ennemi. Ils n'avaient toujours pas rencontré d'opposition et n'avaient même pas été soupçonnés.

Blade aurait été encore plus à l'aise s'il n'y avait pas eu tant d'antigravités dans l'air. Jusqu'à présent, aucun n'avait posé de questions embarrassantes mais si quelqu'un flairait quelque chose d'insolite, il pouvait rapidement appeler des renforts de poids.

Ezarn avait fini de vérifier le laser de la tourelle. Il était maintenant assis en tailleur à côté de Culotté, et il examinait aussi soigneusement son laser doimarite. Avec les portes ouvertes de chaque côté, il pourrait tirer avec l'une ou l'autre arme et le laser était assez puissant pour endommager un engin aérien.

Doimar et l'essaim d'appareils antigravité disparurent sous l'horizon. Les assaillants étaient seuls au-dessus d'une campagne parsemée de fermes et de quelques forêts. Lentement, les taches vertes s'élargissaient, se réunissaient. Dans quelques heures, ils auraient quitté le territoire que Doimar essayait de contrôler. Ils pourraient atterrir dans une forêt qui les cacherait comme une aiguille dans une meule de foin et attendre que la chasse soit abandonnée. Ensuite, ils mettraient le cap au sud et rentreraient chez eux. Ce ne serait pas très différent du chemin que Blade avait pris en s'évadant de Doimar avec Kareena, sinon qu'ils voleraient au lieu d'utiliser un aéroglisseur.

— Voros, dit paisiblement Ezarn, nous sommes suivis.

Blade changea de position pour regarder par une des portes. C'était vrai. Un antigravité militaire de Doimar les rattrapait. Le canon d'un laser lourd sortait de son nez. A monture fixe, il viserait moins facilement que la tourelle de Blade mais il devait être beaucoup plus puissant. C'était une arme capable de désintégrer leur appareil d'un seul coup, en tuant tout le monde à bord.

L'engin ennemi arriva presque à la hauteur de leurs trois appareils et passa dessous. La tourelle de Blade ne pouvait plus le toucher et personne n'était en mesure de se pencher suffisamment pour lui tirer dessus. Et puis l'engin remonta pour voler parallèlement à celui de Blade, à quelques mètres seulement. Baliza était aux commandes avec, à côté d'elle, Feragga sanglée dans son fauteuil roulant !

Le souffle s'échappa des poumons de Blade

dans un *woushhh*. Le secret de son idendité et probablement celui de la Dimension X ne valait pas plus cher qu'un quart de beurre sur une plaque chauffante. L'idée que Feragga ait pu ne pas révéler à Baliza la vérité sur « Voros » était trop ridicule pour s'y attarder.

Pendant quelques instants, qui parurent durer des heures, le père et la fille se regardèrent fixement. Puis Blade haussa une épaule, sourit et leva une main dans un salut ironique.

Ses pensées tourbillonnaient. Que faisaient Baliza et Feragga là dans le même appareil ? Est-ce que sa fille enlevait Feragga ou la sauvait ? Elle la sauvait, plus probablement ; il voyait maintenant un solide pistolet-laser sur les genoux de la vieille femme. Et son sourire, en le reconnaissant, n'était pas celui d'une prisonnière.

Il se dit qu'il serait temps de régler cette question quand ils se poseraient, quand les autres et lui pourraient descendre à terre et causer tranquillement. Car il n'entendait pas révéler son identité par radio à des centaines de kilomètres à l'intérieur de Doimar ! Le secret était éventé, mais on pouvait encore l'empêcher de trop se disperser.

Il fit signe à Baliza de prendre position en queue d'escadrille. Elle fit un geste d'assentiment et se laissa distancer. Blade vit alors qu'Ezarn le regardait en fronçant les sourcils.

— Voros, c'était Baliza, n'est-ce pas ?

— A moins qu'elle ait une jumelle, oui.

— Et l'autre, la vieille, c'est Feragga, non ?

— Autant que je sache, oui.

— Je me demande bien ce que tu sais, Voros. Je me demande si tu es vraiment un... Voros, quoi.

Ezarn ne ferait rien de violent ni de dangereux, même si on ne lui disait pas la vérité. Mais il avait été trop bon soldat et ami trop loyal pour des mensonges, pensa Blade. Il méritait la vérité, plus que quiconque dans cette dimension, à l'exception de la jeune femme qui l'avait déjà découverte.

— Je suis...

— Attention ! cria Ezarn.

Un rayon laser fulgura près d'eux. Il venait d'en bas sur la droite. Tandis qu'Ezarn bondissait dans la tourelle, Blade aperçut un engin doimarite qui s'élevait derrière un bouquet de grands arbres, au-dessous d'eux. Ezarn le vit aussi. La tourelle crépita et un morceau de la queue de l'appareil ennemi flamba et se détacha. Il retomba contre les arbres mais il avait aussi une tourelle. Malgré l'instabilité de sa plate-forme, le canonnier ennemi riposta. De la fumée, de l'air chaud, des bouts de métal en fusion environnèrent Ezarn quand l'autre laser emporta le canon de son arme.

Il retomba dans la cabine en toussant, en jurant et en tapant sur les flammèches de sa combinaison. Il faisait tant de bruit que Blade fut rassuré. Culotté glapit de rage et d'inquiétude mais eut le bon sens de rester dans son coin.

Deux autres engins s'élevèrent des berges d'un petit cours d'eau. Blade ne savait pas si le commandant du détachement était nerveux ou s'il avait été averti et pensa que s'il attendait de sa propre initiative et si on éliminait ses trois appareils, ils auraient une chance de se tirer d'affaire.

Mais pas question d'utiliser la radio. Il ne pouvait que se fier au bon sens de Baliza en espérant qu'elle choisirait une bonne tactique.

— Ezarn, prends ton laser et tiens-toi prêt aux portes. Je vais leur passer dessous.

— Compris, Voros !

Ezarn prit position si vite que Blade ne s'inquiéta plus du tout pour lui. Il se concentra sur ses commandes et plongea en piqué. Il avait couvert la moitié de la distance quand les ennemis le virent venir.

Cependant, Baliza accélérait et le dépassait. Les deux engins doimarites se séparèrent. Ezarn tira sur celui de droite. Celui de gauche vira sec, juste dans la trajectoire de Baliza. Elle tira à son tour.

Son rayon laser dut toucher le générateur car l'appareil ennemi explosa comme une grenade. Une averse de débris rougis à blanc tomba d'un nuage d'étincelles et de fumée noire. L'autre appareil et celui de Blade étaient maintenant trop près pour qu'elle risque un second tir. D'autres rayons fulgurèrent. L'appareil de

Blade fut touché et commença à dériver en plongeant vers la rivière. Mais l'ennemi aussi avait été frappé et tournait en rond, le pilote sans doute mort ou blessé, en traînant de la fumée mais sans perdre d'altitude. Baliza passa derrière lui et tira. Celui-là n'explosa pas mais tomba comme une pierre dans la rivière d'où monta un panache de vapeur.

La surface était encore agitée quand Blade fit un atterrissage à peine plus digne dans le cours d'eau. Son appareil commença aussitôt à s'enfoncer. Blade, Ezarn et Culotté réussirent à s'en extirper et à se réfugier sur le sommet. Baliza commença à descendre, pendant que les deux appareils des Tribaux décrivaient des cercles au-dessus d'elle.

Les dernières bulles d'air s'échappaient de la carlingue quand Blade vit sa fille se pencher au hublot de son cockpit. Elle ralentit les hélices et plana presque au-dessus de sa tête.

— Toi d'abord, Ezarn, dit-il, et puis je te tendrai Culotté.

Ezarn lança son laser par la porte ouverte et se hissa. Sans attendre d'être aidé, Culotté bondit et lui sauta par-dessus. L'eau atteignait maintenant les genoux de Blade. Baliza abaissa encore un peu son appareil et Ezarn le tira par les bras, si fort qu'il faillit lui démettre les épaules. Cela valait encore mieux qu'une baignade impromptue dans une eau qui pouvait contenir n'importe quoi d'affamé.

Alors que l'appareil reprenait de l'altitude,

Blade alla à l'avant. Chaque pas lui coûtait davantage que le précédent et le dernier fut le plus dur. Et puis il envoya le secret de la Dimension X au diable, se pencha et embrassa Baliza sur le front.

— Tu es une fille dont un père peut être fier, dit-il simplement.

Elle le regarda et leva une main pour s'essuyer les yeux.

— Mon père...

— Qu'est-ce que tu as, fille ? s'écria Feragga avec un rire gras. Ce n'est pas comme ça que tu l'as accueilli la première fois que tu l'as vu, à ce qu'on m'a dit !

— Ah, tais-toi, vieille sorcière lubrique ! gronda Blade. Ou, mieux encore, rends-toi utile. Prends les écouteurs de la radio — la Voix du Ciel — et écoute les conversations entre les engins doimarites. Nous saurons peut-être si quelqu'un a entendu un appel de ceux que nous avons abattus.

— A tes ordres, Maître du Ciel, répliqua Feragga avec une docilité ironique.

Blade rit. Il comprenait maintenant ce que la vieille femme avait voulu faire : empêcher Baliza et lui de se laisser emporter par leur émotion. Et elle avait eu raison, sans doute. Si loin à l'intérieur de Doimar, ils n'étaient pas encore tirés d'affaire.

Feragga écouta pendant une heure sans rien capter d'inquiétant. Le commandant doimarite avait donc bien agi de son propre chef et n'avait envoyé aucun message avant d'être abattu. Il était maintenant plus de midi. Blade commença à chercher une clairière où ils pourraient se poser et camoufler les appareils, dresser un camp avant la nuit et passer quelques jours à l'abri.

CHAPITRE XXIV

Ikhnan et Shangbari furent les seuls Chats Rouges à se rendre au lever du jour avec Blade jusqu'à l'appareil qui le ramènerait à Kaldak. Le reste de la Tribu, guerriers et femmes, était trop ivre ou profondément endormi.

Blade et Ezarn attendaient déjà le chef et le chasseur à côté de leur engin. Culotté et le Chat Rouge Fija étaient assis face à face à leurs pieds, comme deux amis humains se disant adieu.

— Au revoir, Ikhnan, Shangbari, dit Blade. Si les Lois le veulent, je reviendrai vous faire honneur.

— Le plus grand honneur que tu puisses nous faire est de nous conduire encore à la bataille, s'il y a un ennemi digne d'être combattu, répliqua Ikhnan.

Et Shangbari approuva.

— Ce sera un plaisir, si c'est possible. Je n'ai jamais commandé de meilleurs guerriers que les Chats Rouges.

— Et je n'ai jamais combattu aux côtés de guerriers plus valeureux, dit Ezarn.

Culotté sauta sur l'épaule de Blade et Ezarn et lui montèrent dans leur appareil. Il s'éleva, les trois autres aussi. Comme des oiseaux partant pour leur migration, ils disparurent au-dessus des arbres aux yeux des Tribaux.

Blade était soucieux. Il ne savait trop ce qui l'attendait à Kaldak, sinon un peloton d'exécution. Il fut donc agréablement surpris en découvrant comment Sidas allait traiter le retour du Maître du Ciel. Après avoir écouté toute l'histoire de Blade, il le remercia, servit de la bière et déclara :

— Nous n'allons rien dire à personne. Pas un mot. Pour nous, le raid a été commandé par l'élève officier Voros, qui va bénéficier d'une grâce et recevoir une compagnie à lui. C'est en partie parce que nous te respectons, toi et ton vœu de garder ton retour secret. Mais ne t'imagine pas que c'est la seule raison.

Le Haut Commandant rit et fit taire Baliza qui voulait protester et s'exclamait :

— Ce n'est pas une façon de parler au...

— C'est une façon de parler à un soldat de Kaldak. C'est ce que Blade doit être pour moi. Et c'est pour ça aussi que je ne veux pas que la nouvelle se répande. Pense au peu de gens qui vont seulement essayer de considérer le Maître du Ciel comme un simple mortel. Pense à tous ceux qui vont croire qu'il est un dieu revenu pour nous sauver. Si ceux-là sont trop nombreux, ils s'attendront à un retour à tout instant. De plus, à ce que dit Blade, il faudra un siècle au moins, avant que nous ne puissions utiliser sa méthode de voyage entre les dimensions. Un siècle avant que les « cerveaux » que nous employons dans nos robots de guerre soient assez perfectionnés. Mais le peuple, lui, il voudra un miracle demain, il l'exigera de nos savants et ils les massacrera s'ils ne le produisent pas.

Blade approuva. Il n'était pas absolument certain que Kaldak mettrait cent ans à perfectionner les ordinateurs ; les Kaldakiens pourraient même trouver un autre moyen de transport interdimensionnel. Mais l'erreur de Sidas ne faisait de mal à personne. Si dans cette dimension quelqu'un avait des chances de découvrir ce moyen, c'était Doimar, avec ses Chercheurs et ses télépathes. Le raid l'avait retardé de deux bonnes générations mais n'avait pas complètement supprimé l'avance de la ville.

Ce soir-là, Sidas donna une grande réception pour tous ceux qui étaient dans le secret.

C'était une soirée très désinvolte et sans le moindre protocole. Ezarn lui-même s'habitua à parler au Moniteur Bekror et à recevoir un verre de bière des mains de son Haut Commandant. Malgré tout, il avait l'air d'avoir reçu un bon coup sur la tête et de n'en être pas encore remis. Blade pensa qu'il finirait bien par se faire à l'idée que son vieux camarade Voros était le Maître du Ciel Blade. Ezarn n'était pas idiot, il ne connaissait pas la peur et maintenant son avenir était assuré dans la Garde de Bekror, avec une ferme à lui.

Culotté mangea tant qu'il eut une indigestion et Baliza dut le mettre au lit. Il vomit sur sa robe. Elle le nettoya, puis elle passa le reste de la soirée torse nu. Pour la première fois de sa vie, Blade s'efforça de ne pas regarder une aussi belle femme se pavanant à moitié nue. Il devait se répéter que c'était la coutume kaldakienne.

— C'est un plaisir de la voir ainsi, confia Bekror à Blade en remplissant leurs coupes. Je n'aimerais pas qu'une peur anormale lui trouble l'esprit quand je l'épouserai.

Blade regarda sa bière, pour voir si on ne l'aurait pas corsée à son insu. Peut-être avait-il déjà trop bu ?

— Il m'a semblé que tu disais que tu voulais l'épouser.

— Oui. Si elle veut de moi.

— Et sinon ?

— C'est la meilleure femme que j'ai connue depuis longtemps. Elle n'est pas la seule. Si elle dit non, je la laisserai aller. Je tiens trop au repos de mon âme.

— Sans parler de tes côtes, de ton crâne ni de tes dents, dit Blade en riant.

— Oui. Aussi.

Ils parlèrent ensuite librement. Bekror voulait une femme qui lui survive et soit capable de s'occuper de ses terres et des enfants qu'elle aurait eus de lui.

— Pour ça, elle en est capable. Quant à survivre... Elle a une de mes mauvaises habitudes. Elle court toujours à droite et à gauche pour savoir ce qui se passe, quel que soit le danger.

— Elle en a une double dose, alors. Sa mère était comme ça.

Tous deux burent à la mémoire de Karrena.

— Que me conseilles-tu de faire ? demanda Bekror.

— Apprendre à vivre avec, ou apprendre à vivre sans elle.

— C'est tout ?

— C'est tout. Et tu n'avais pas vraiment besoin de mon conseil, n'est-ce pas ?

Blade voulait couper court à cette situation embarrassante d'avoir à donner des conseils à un futur gendre assez vieux pour être son père, au sujet d'une fille que cet homme connaissait sûrement mieux que lui ! Les réunions de famille interdimensionnelles étaient bien assommantes.

Blade, Feragga et Baliza partirent vers minuit, alors qu'ils étaient encore assez lucides pour voler. Ils se rendaient dans le sud, chez le seul homme que Blade voulait voir et qui n'était pas à la soirée. Cela aurait trop fait jaser de rappeler Bairam de son exil.

Feragga les accompagnait pour attendre à l'abri la fin de la crise de Doimar.

— J'y retournerai dès que je serai sûre d'être écoutée au lieu d'être tirée à vue, déclara-t-elle avec son franc-parler habituel. Et si ça n'arrive pas, si je dois rester à Kaldak, je ne ferai venir personne. Ceux qui voudront me rejoindre, ce sera leur affaire.

— Nous avons risqué..., protesta Baliza mais son père lui mit une main sur l'épaule.

— Je sais ce que vous avez risqué et tout ce que vous avez fait. Cet écroulement de la falaise... Ce n'était pas votre faute mais les Chercheurs sont morts. *Mes* Chercheurs, plus que ceux de Detcharn, riposta Feragga. Je suis heureuse d'être en vie. Je ne suis pas assez reconnaissante pour trahir et ni toi ni Blade n'y pourrez rien changer.

Blade se dit qu'avant peu les Kaldakiens allaient souhaiter d'avoir laissé Feragga à Doimar ! Il n'était pas du tout surpris qu'elle refuse de trahir les siens. Cela aussi il aurait pu le dire aux Kaldakiens, s'il n'avait pas tellement pris soin de cacher son identité. Il se promit de parler à Feragga de l'emploi de fusées pour les vols spatiaux. Si les Doimarites se tournaient dans cette direction, cela leur ferait peut-être oublier la guerre et aiderait certainement toute la dimension à se remettre. Si seulement son fils Detcharn avait pensé à ça, son nom serait honoré dans l'histoire de ce monde, au lieu d'être maudit !

A leur surprise, Geyrna les attendait au terrain d'envol.

— Vous permettez que je vienne avec vous ? demanda-t-elle.

— Oui, si tu me dis pourquoi, répondit Baliza.

— Je veux m'entretenir avec Feragga. Le Conseil des Neuf va demander pourquoi elle ne passe pas par leurs quatre volontés. J'aimerais avoir une réponse pour eux. Cela ne sauvera peut-être pas mon siège mais cela apaisera ma conscience.

— Comment as-tu deviné ce que je viens de dire ? Tu ne lis pas dans les pensées, aussi ?

Geyrna sourit amèrement.

— Simple astuce. Non, si j'avais ce don, j'aurais encore un mari. Et c'est aussi pour cela que je vais dans le sud. Je veux essayer d'arranger les choses avec Bairam. Il n'aurait pas dû se mettre à boire mais... Ma foi, je lui ai donné des raisons. Elles n'en auraient peut-être pas été pour un autre mais Bairam...

Elle ferma les yeux sur des larmes et Baliza l'embrassa.

On aurait besoin de deux pilotes pour le vol. Blade et Baliza jouèrent à pile ou face et ce fut à elle de prendre les commandes la première. Tandis que les lumières de Kaldak s'estompaient au-dessous d'eux, Blade se glissa à l'arrière et se coucha sur un tas de vieux parachutes. Culotté se blottit contre sa poitrine, une patte cramponnée à sa barbe. Blade ne se souvenait pas quand il avait eu une bonne nuit de sommeil. Il était peut-être aussi solide qu'une locomotive diesel, mais il avait quand même besoin de dormir de temps en temps.

Le pire était *peut-être* passé, mais il ne voulait penser à rien pour le moment.

CHAPITRE XXV

Ce n'était pas normal.

Il y avait une couverture sur Blade, et il n'y en avait pas eu dans l'engin antigravité. Au lieu de parachutes raides, il avait un drap frais sous lui, bien lisse et imprégné d'une odeur qui clamait « hôpital ! ». Il se demanda si l'appareil s'était écrasé.

Possible. Mais Kaldak n'avait pas d'hôpitaux comme ça.

Blade ouvrit les yeux et s'assit. Il reconnaissait une chambre familière, dans la clinique privée du Complexe où il passait deux jours en observation après chaque voyage. C'était le règlement, qu'il revienne blessé ou non. Les médecins voulaient profiter de lui au maximum et il n'y avait rien à faire contre ça.

Il regarda autour de lui. L'uniforme kaldakien qu'il avait porté en partant voir Bairam était accroché au mur. Pourquoi les savants ne s'en étaient-ils pas encore emparé pour l'analyser, c'était un mystère, mais il avait autant de mal à croire ce qu'il voyait maintenant qu'il en avait eu à comprendre qu'il était de retour à Kaldak. Cependant il ne servait à rien de douter de ses sens.

Il s'était endormi à Kaldak et réveillé dans la Dimension Normale. Pas plus compliqué... la transition la plus simple et la plus facile de toute l'histoire du Projet DX !

Blade rit. Quelque part là-haut, il y avait un Etre Suprême qui aimait la plaisanterie. Qu'on l'appelle Dieu, Bouddha, Allah ou le Seigneur des Lois, il devait exister. Il n'y avait aucun autre moyen d'expliquer la simplicité de ce retour après le séjour le plus compliqué et le plus dangereux de tous !

Puis une pensée fit battre le cœur de Blade si vite que l'infirmière de service devant l'écran de contrôle faillit sauter sur le bouton URGENCE.

« Culotté ! »

Yiip ? Un *yip* ensommeillé et irrité, mais proche. Blade alluma la lampe de chevet et examina de nouveau la chambre. Il était là, dans un coin... dans une grande cage de gros grillage enrobé de plastique.

Les médecins savaient sans doute qu'on ne devait pas le séparer de Blade mais ils n'avaient pu se résoudre à laisser quelque chose d'aussi peu hygiénique qu'un singe emplumé se promener en liberté dans une chambre d'hôpital. Alors on l'avait mis en cage !

Maudissant les imbéciles et leurs règlements, Blade sonna l'infirmière et quitta son lit, en entraînant des fils et des tubes. Culotté devait sortir instantanément de cette cage. Si les médecins faisaient des histoires, il appellerait Lord Leighton. Le vieux savant prendrait la défense de Culotté, c'était sûr.

Quand l'infirmière arriva, Blade était assis sur le lit avec Culotté sur ses genoux et le grattait derrière les oreilles. Il souriait en imaginant ce que Sa Seigneurie dirait aux médecins si leur stupidité le faisait tirer du lit en pleine nuit.

Blade cessa de sourire en pensant à ce que Lord L dirait en apprenant que les gens de la Dimension X étaient au courant du voyage interdimensionnel. Bien sûr, les techniciens et savants de Kaldak et de Doimar n'étaient pas capables de découvrir une méthode de passage entre les dimensions, mais avec le temps...

Leighton ne serait pas content non plus que Blade et Culotté aient été séparés à leur arrivée et que Blade n'ait jamais découvert pourquoi il s'était retrouvé à Kaldak et le singe à Doimar. Cela risquait de modifier ses projets pour le voyage suivant.

Mais au moins Culotté était là avec lui dans la Dimension Normale. Et puis il avait rapporté l'uniforme kaldakien fait d'un tissu d'Antec et d'un plastique de Noutec. Les savants auraient de quoi s'amuser avec ça.

Quant au reste, Blade était assez satisfait qu'un équilibre des puissances semble s'être établi dans la dimension de Kaldak. Il avait été nécessaire que les Doimarites perdent de leur pouvoir et que les Tribus en obtiennent un peu mais maintenant, avec Kaldak, tout le monde devrait pouvoir vivre en paix.

NICK CARTER

On le surnomme le "maître tueur";
il est rapide, impitoyable;
le meilleur agent du Président américain.
Difficile de résister à Nick Carter;
les femmes, les ennemis,
les lecteurs succombent...

Chez votre libraire :

N° 1 COYOTE CONNECTION
N° 2 MORT À L'ARRIVÉE
N° 3 BLUFF MORTEL
N° 4 OTAGE POUR L'ENFER
N° 5 HAUTE TRAHISON
N° 6 S.O.S. RADIATIONS

Gérard De Villiers

PRESENTE

BENNETT

par Elliot Lewis

Le plus anticonformiste des "privés"
Un tendre incompris
avec des problèmes jusqu'au cou.
Seul contre tous, il a peur
mais ne renonce jamais.
Fred Bennett : *un détective invivable,*
mauvais comme une teigne,
le plus fort de tous.

Déjà parus

N° 1 DEUX TÊTES VALENT MIEUX QU'UNE
N° 2 PILULES AMÈRES
N° 3 LA PROIE POUR L'OMBRE
N° 4 COMME DEUX GOUTTES DE SANG
N° 5 ENQUÊTE SUR UN MASQUE
N° 6 QUI SURVIVRA... VERRA
N° 7 MUSIQUE POUR UN CADAVRE
N° 8 MELANCHOLY BABY

Achevé d'imprimer le 22 février 1983
sur les presses de l'Imprimerie Bussière
à Saint-Amand (Cher)

— N° d'Édition : 11051. — N° d'Impression : 171. —
Dépôt légal : Février 1983.

Imprimé en France